또 하나의 섬

김덕임 수필집

또 하나의 섬

펴 낸 날 2022년 3월 25일

지 은 이 김덕임
펴 낸 이 이기성
편집팀장 이윤숙
기획편집 이지희, 윤가영, 서해주
표지디자인 이지희
책임마케팅 강보현, 김성욱
펴 낸 곳 도서출판 생각나눔
출판등록 제 2018-000288호
주   소 서울 잔다리로7안길 22, 태성빌딩 3층
전   화 02-325-5100
팩   스 02-325-5101
홈페이지 www.생각나눔.kr
이 메 일 bookmain@think-book.com

- 책값은 표지 뒷면에 표기되어 있습니다.
  ISBN 979-11-7048-371-7 (03810)

김덕임 수필집

또 하나의 섬

내 안에는 오래전부터 산을 옮길 만한 믿음으로도 갈 수
없는 섬이 하나 있다. 지금은 쾌속정을 타고 로켓을 타도
닿을 수 없는 섬이다. 한 뼘 가슴이라는 끝 모를 바닷속에,
정수리까지 이미 잠겨버린 섬이기에….

생각나눔

책을 내면서

 가을비 내리는 날, 불청객이 찾아 왔다. 뱃가죽이 등에 붙은 야윈 야생고양이 한 마리가 비에 젖은 채 헛간에 든 것이다. 멸치 된장 국물에 밥 한술 말아서 뜬금없이 식객의 끼니를 차려주었다. 고양이는 잔뜩 경계하면서도 밥풀 하나 남김없이 그릇을 비웠다. 그리고는 비가 개자 돌아갔다. 거처가 있기는 한 것일까?

 아이는 다음 날, 그다음 날도 찾아와 말 대신 순한 눈빛으로 인사를 했다. 그러더니 첫눈이 내리던 날은 아예 돌아가지 않고 헛간 장작더미 틈새로 들어갔다. 이튿날 아침에 보니 빈 종이 상자에 몸을 누이고 꽃잠에 들어있었다. 잠꼬대로 골골송까지 늘어놓고 자기 집처럼 편안해 했다. 그렇게 아이는 비좁은 공간을 거처로 삼고 그해 한겨울을 지냈다.

이듬해 봄, 아이는 엄마가 되어 검둥이, 누렁이, 얼룩이 등 여섯 마리의 새끼를 낳았다. 그 작은 몸으로 만고풍상을 이겨낸 야생고양이들. 우리 손주들의 사랑을 독차지하며 한마당에서 꼬물거리며 살아왔다. 이후 고양이들은 새끼를 낳고 또 낳아 지금은 3대째를 이어와 온 뜨락이 가득하다. 우리 집안도 이곳 봉무리에 이사 와 나란히 세 채의 집을 짓고 딸네들과 이웃하며 살아가고 있는데, 어찌 보면 이들 고양이 가족과 다를 바 없다.

이곳 봉무리는 시골이라서 네 계절의 변화를 뚜렷하게 느낄 수 있다. 뒷산에서 들려오는 소쩍새 울음이나 갈잎 스치는 소리가 정겹고, 겨울이면 함박눈 쌓이는 소리도 그저 포근하다. 또 새봄이 오면 텃밭에서 숨을 고르는 씨앗들이나 연둣빛 풀꽃들이 그리 싱

그러울 수가 없다. 또한, 텃밭의 흙냄새 물씬 풍기는 개구리나 지렁이의 꿈틀거리는 모습도 심심치 않게 마주친다.

　사시사철 이 생명체들은 결코 혼자 지내는 법이 없다. 일상사 속에서 소소한 그들과 눈이라도 마주치면 자분자분 말을 걸어오고, 때론 내 품을 파고든다. 이들의 응시와 반응이 바로 내 수필의 원천인 글감이 되고, 착상과 영감의 글머리를 이루어 내면에서 익어간다. 나아가 인연 생기의 생동감으로 다양한 생각을 떠오르게 하고, 깨우침, 삶의 섭리, 세월의 흐름과 자연의 이치 등 가슴으로 실감하게 되는 것이다.

　늘 글감 앞에 설 때마다 망설이지만 용기를 내곤 한다. 이제 그 자그마한 발돋움이 쌓여 세 번째 수필집으로 선보인다. 내 여린 마음을 늘 가다듬게 해준 분은 바로 어머니. 어린 시절, 콩 씨 한 말까지 돈사서 기성회비를 내주신 어머니 영전에 이 책을 바치고 싶다. 항상 이모저모 배려해주는 남편과 사랑하는 사위와 딸들에게 따뜻한 고마움을 전한다. 더불어 『또 하나의 섬』에 예쁜 집을 지어주신 생각나눔 출판사의 선생님들께 감사드린다.

2022년 봄, 용인 봉무리에서

김덕임

목차

제2부 굿모닝 몬스테라

제3부   귀 없는 양은냄비

제4부   점숙이

제5부   또 하나의 섬

제1부

창(窓)구멍

한 토막의 외줄 타기

한산한 용서고속도로, 어깨를 들썩이며 티볼리가 달린다. 네 바퀴에 땀이 날 지경이다. 목적지는 경인교대 안양캠퍼스, 내비게이션 커서도 바삐 움직인다. 그동안 1번 국도만 이용하다가 문우의 권유로 이 고속도로를 처음 타 본다. 터널이 유난히 많지만, 도로가 거의 비어 있다. '사람들은 이 길이 있는 줄을 모르는 것일까?' 밤나무 밑에서 발갛게 떨어진 알밤을 혼자 주울 때처럼 오달지다.

북청계 IC를 빠져 나와서 안양 쪽으로 방향을 잡는다. 그런데 이게 웬일인가? 지상에서 수십 미터나 되는 고가도로가 왼쪽으로 활처럼 길게 휘어진다. 대개의 고가도로는 그다지 높지 않아 교각 기둥이 운전자의 눈에 잘 보이지 않는다. 그런데 오늘 만난 고가도로는 상판을 받치고 있는 아름드리 기둥이 하늘에라도 닿을 듯 늘어서 있다. 흡사 기둥 끝에서 팽팽하게 맨 외줄을 타고 가는 듯하다. '이 길을 건너야만 갈 수 있겠지.' 저 아래 산동네가 비행기 이착륙할 때처럼 아스라이 눈에 들어온다. 겁이 왈칵 나서 눈길을 정면 차선으로 모은다. 순간 어릴 적에 장마당의 서커스 천막에서 줄을 타던 소녀가 스쳐 간다.

1960년대의 함평 문장 오일장날이면 우시장 공터에 우주만 한 천막이 들어서고 가설무대가 세워지곤 했다. 그런 날이면 등굣길 조무래기들의 참새 가슴은 콩닥거렸다. 그 무대에서 남사당패는 갖가지 민중오락을 선보였다. 가뜩이나 볼거리가 귀하던 그 시절에 재주꾼들의 기묘한 오락은 우리를 환상의 세계로 이끌었다.

공중 그네타기, 공중 자전거타기, 외줄타기, 열두 발 상모돌리기 등을 보며, 책보따리를 등에 맨 채 손에 땀을 쥐었다. 그중에서도 남사당놀이의 꽃이라고 할 수 있는 외줄타기는 많은 이들의 탄성을 자아냈다. 그 묘기는 3미터 높이의 작수대 끝에 시위를 팽팽하게 매는 일부터 시작된다. 앳된 어름사니는 한 마리 나비처럼 사뿐사뿐 줄 위에서 상상을 초월하는 묘기로 우리들의 넋을 앗아갔다. '설마 저 작은 아이가 사람일까.' 싶었다.

실제로 '어름사니'라는 단어 속에는 '얼음'과 '사니'라는 말이 함께 들어있다니, 우리들의 그때 생각이 틀리지만은 않은 것 같다. 얼음 위를 걷듯이 아슬아슬하고 어려운 재주를 부린다는 것이다. 여기서 '사니' 라는 말에는 '사람과 신의 중간에.'라는 뜻이 들어있다고 한다. 이는 사람으로서는 도저히 해낼 수 없는 재주를 가졌지만, 신의 경지에는 도달하지 못한 사람이란 뜻일 것이다. 그런데 그때 어름사니는 열 살 남짓의 소녀였다. 어떤 부모가 어린 딸에게 그런 위험한 일을 시키겠는가. 그래서 고아원 아이들을 데려다가 호된 훈련으로 남사당 패의 줄꾼을 만든다는 소문이 무성했다. 이마에 꽃을 달고, 앙증스 런 패랭이를 질끈 묶어 쓴 소녀는 꼭 하얀 한복의 남장을 했다. 앳된 얼굴은 진한 화장으로 가렸지만, 귀밑의 보송한 솜털이 열 살 안팎의 나이를 짐작케 했다.

외줄 끝의 작수대를 잡고 숨을 고르는 남장 소녀. 귀엽기보다는 짠한 마음이 앞섰다. '하이고, 저 어린 것이 어쩌다…' 할머니들은 무명치마를 걷어 올리고 고쟁이 주머니 속 쌈지를 열기도 했다. 숨을 고른 어름사니는 이내 쥘부채를 활짝 펼치며 두 팔을 번쩍 들고 줄 위를 한 걸음씩 걸었다. 그 위에서 펄쩍 뛰어오르기도 하고, 설악산 홍송 위의 학처럼 한 발로 서기도 했다. 천막 안에 가득 찬 구경꾼은 순간 아득한 꿈속으로 빠져들었다. 그리고는 우레 같은 박수로 소녀에게 힘을 실어주었다. 그러면 소녀는 그 기운을 받은 듯 발돋움하며 공중에서 빙그르르 돌아서 두 발목을 줄에 감고 거꾸로 매달리기도 했다. 그리고는 입담 좋은 대사로 관중의 흥을 돋웠다. "어디 한 번 신명 나게 놀아보세!"라며 외줄 위에서 떨어질 듯 다시 밟는 그 작은 발의 묘기, '분명 그 발끝은 접신接神이라도 되었는지?' 60여 년이 지난 지금도 아이러니하다.

오늘 티볼리의 바퀴 네 개가 땅에 젖어서 외줄 같은 고가도로를 타고 있다. 수십 미터 높이의 고가도로 위를 달리는데, 가속페달을 밟고 있는 발바닥이 짜릿하다. '그때 외줄을 타던 어름사니의 발끝도 이랬을까?' 도로 저 아래에서 그날 우시장 공터 천막 안의 수많은 구경꾼이 물방개만 한 내 차를 올려다보는 것 같다. 장자의 「호접몽」처럼 영락없는 어름사니가 아닌가? 아스라한 풍경이 나를 따라서 빙글빙글 돈다. 티볼리는 두려움도 잊은 채 고가도로 위를 나비처럼 날아간다.

삼성산 터널로 들어서면서 핸들을 잡은 손과 가속페달 위의 발이 안도의 숨을 내쉰다. 20년 가까이 운전대를 잡고 있지만, 처음 가는 길은 언제나 조심스럽다. 오늘처럼 좁고 높지막한 고가도로를 탈 때는 더욱 그렇다.

어쩌면 처음이자 단 한 번 걸어가는 우리의 짧은 인생길 또한 한 토막의 외줄타기가 아닐까 싶다.

덴둥이의 꿈

　대엽풍란이 돌덩이와 인연을 맺었다. 오늘은 이른 봄날의 가루비로 샤워 중이다. 누렇게 변해가며 수긋하던 이파리에 생기가 돈다. 흡사 어릴 적 고향 동네에서 불혹에 시집가던 명자언니의 낯꽃 같다.

　냉면사발만 한 돌덩이가 대엽풍란 세 촉을 옴싹 품는다. 사람의 실수로 여름 불볕에 화상을 입은 아이들이다. 상태가 심상치 않다. 이파리 가운데에 잔주름이 생겼고, 가장자리는 누런 몰골을 하고 있다. 다행히 뿌리 몇은 성하다. 실한 뿌리에 희망을 갖고 돌덩이와 짝을 지어본다. 돌덩이는 매우 흡족한 얼굴이다. 동병상련, 그 또한 지나온 날들이 녹록지 않아서일까?

　난생 처음 돌덩이의 품에 안긴 풍란은 날이 갈수록 때깔이 난다. 도톰한 잎의 틈새를 비집고 뱁새 부리 같은 새잎도 순산했다. 참으로 경이롭다. 들여다볼 때마다 나의 쇠잔해가는 피부 세포가 푸른 기운으로 팽팽해지는 듯하다. 요즘 내 관심은 온통 이 아이들에게 있다.

반려식물을 끔찍이 아끼는 사람들의 마음을 조금 알 것 같다. 그들은 인간과 식물 간의 경계를 허물어가는 사람들이다.

풍란의 뿌리는 또 얼마나 신비로운지 모른다. 흡사 신방에 든 새색시 같다. 봄이면 병아리 부리 같은 새 촉수를 뾰족이 내밀기도 한다. 생면부지인 돌덩이의 몸을 어루만지며 발맘발맘 잔걸음을 내딛는다. 어쩌면 발이 아니라 손인지도 모른다. 새신랑의 펄떡이는 가슴에 나붓이 얹은 새색시의 손. 수줍어서 얼굴을 모로 돌렸다. 듬직한 돌덩이는 가슴에 품었던 광교산의 신선한 기를 옴싹 뽑아 주었을 것이다. 어릴 적에 고향 마을에서 불혹의 색시를 끔찍이 위해주던 어느 지천명의 새신랑처럼….

돌덩이는 몇 해 전에 수원 광교산 계곡에서 주워왔다. 그동안 장독대 구석에서 소리 없이 뒤척이며 세월을 보냈다. 돌덩이는 이때를 위해서 그토록 무언으로 수행한 것일까. 돌덩이 위에 물을 적신 수태를 얄팍하게 깔고, 화상 입은 대엽풍란을 살포시 앉혔다. 초록빛 대엽과 연둣빛 뿌리와 잿빛 돌덩이가 조화롭다. 딱 맞춤이다. 이들은 오늘을 위해서 온갖 풍상에도 버텼을 것이다.

요즘 돌덩이와 의좋게 공생하는 대엽풍란을 보면, 내 어릴 적 고향의 명자언니 부부가 오버랩된다. 인근 몇 마을에서 제일 곱상하던 명자언니. 누가 시샘이라도 했을까? 열아홉 살 꽃띠 나이에 '덴둥이'가 되어버렸다. 방죽배미 논에 모를 심던 날, 놉들의 새참이 화근이었다.

팥칼국수 함지를 이고 가다가 논둑에서 넘어졌고, 뜨거운 팥죽은 그녀의 얼굴을 필리핀 피나투보 화산의 용암처럼 덮쳤다. 그 당시 수백 리 밖의 대처 병원까지 갈 엄두도 내지 못했다. 그저 생감자나 갈아 붙이며 단방 약으로 벗겨진 피부의 열기를 식히는 게 전부였다. 영근 박처럼 팡팡하고 하얗던 이마에 깻잎만 한 흉터가 주홍글씨처럼 선명하게 남았다. 명자언니는 그 흠집 때문에 적령기를 놓치고 마흔 살이 되도록, 부모님의 가슴에 박힌 녹슨 못이 되어갔다.

그러던 차에 봄날의 훈풍 같은 청혼을 받게 되었다. 상대는 건넛마을에 사는 쉰 살의 노총각이었다. 그는 소아마비로 양쪽 다리를 찌우뚱짜우뚱 심하게 절었다. 불혹의 신부와 지천명의 신랑은 두 마을 사람들의 축복 속에 화촉을 밝혔다. 그리고 명자꽃 같은 딸도 낳아서 그들의 곡절 많은 삶의 끝동으로 곱게 대었다. 인연은 이렇듯 나이가 몇인지는 크게 마음 쓸 일이 아닌 듯하다. 다만 지금 어떻게 살고 있는지가 소중할 뿐이다.

돌덩이는 흡사 복두꺼비가 앞발을 모으고 앉아서 하늘을 바라보는 형상이다. 외피는 반드럽지 않지만, 그 모양이 신기하여 복을 줍듯이 계곡물에서 건져왔다. 바위에서 찢겨 나온 듯 여기저기 뾰족하고 모서리는 거칠었다. 몸통 바위는 혹시 광교산 토끼재 능선에서 무아지경의 가부좌를 틀고 있는지 모르겠다. 살점이 찢겨 나간 통증마저 道의 도량에 맡기고….

돌덩이는 자드락을 얼마나 굴러서 계곡물까지 닿았을까? 수많은 사람의 발자국이 그 물가를 지나갔을 터인데, 행운처럼 내 눈에 띄었다. 나와 연이 닿은 것일까? 아니다. 돌덩이의 인연은 만세 전부터 화상 입은 대엽풍란이었으리라. 대엽풍란과 돌덩이는 명자언니 부부처럼 어우러져, 서로의 상처를 다독이며, 또 다른 한 생을 이어가고 있다.

바위에서 부서져 나와 계곡 물살을 탈 때는 소망의 끈을 놓아버렸을지도 모른다. 그때 돌덩이는 놓아버린 생의 끝에 '덴둥이' 대엽풍란이 기다리고 있을 것을 짐작이나 했을까? 한 치 앞을 모른 채로 물살이 밀면 미는 대로 밀리고, 쉬라고 하면 멈추어 가라앉았을 것이다. 그저 계곡에 맡기며, 유유자적 물소리 새소리 바람 소리에 젖었으리라. 그런데 돌덩이처럼 섭리에 순응하는 담박한 삶이 나에게는 어찌 이리도 어려울까.

이들은 처음부터 그 자리에 있었다는 듯, 화분대 위에서 완벽하게 하나가 되었다. 돌덩이의 상처는 민틋하게 아물고, 대엽의 화상도 흔적이 없다. 뿌리는 돌덩이를 애무하듯 밤낮으로 휘감는다. 금슬이 무척 좋다. 머지않아서 튼실한 꽃대가 올라올 것 같다. 그 끝에는 명자언니네 싸릿대 삽짝에 매달았던 청사초롱처럼, 향긋한 꽃 등을 달 것이다.

창(窓)구멍

초겨울의 오전 한나절, 거실 깊숙이 들이친 햇볕이 고양이 털처럼 몽글몽글하다. 가을에 말려 둔 산국화 서넛을 찻잔에 띄운다. 마른 꽃잎이 풀어헤친 국향으로 집안이 자우룩하다.

얼마만의 호사인가. 다람쥐처럼 분주하던 지난 가을이었다. 작아도 농사라고 텃밭 떼기 가을걷이하고, 그 자리에 양파 모종과 마늘을 심었다. 김장과 고추장 담그기, 메주 쑤기 등 놀이 삼아 운동 삼아 한다지만, 때맞춰 해야 하는 소꿉놀이 같은 농사일이 만만치 않다. 조금만 해찰하다가 때를 놓치면, 씨앗을 뿌려도 무늬만 작물인 쭉정이뿐이다. 농사철이면 끼니를 놓쳐가며 밭이랑을 타던 어머니의 마음을 이제야 조금 알 듯하다.

용인에 집을 지어 세 번째 맞는 겨울이다. 멀리 산 능선과 마당가에 잎을 떨군 모과나무가 널찍한 창으로 안겨든다. 가끔 자투리 시간에 창문 바라기를 즐긴다. 세상이 아무리 분주히 돌아가도 창문에 찾아든 네모진 풍경은 여느 시간보다는 느리기 때문이다. 그러나 인적 드문 이곳의 생활이 아직은 설익은 무조림처럼 설컹거린다. 집과 몸이 하나 되어 아우르지 못하고 배돈다. 내 안 깊이 자리 잡은 고향집 때문일까.

우리는 누구나 가슴 한구석에 어린 시절의 고향집 한 채 품고 산다. 어느 날 그것은 현상처럼 또렷해졌다가 가물가물 멀어지기도 한다. 거실 창문에 얼기설기 포개져 들어온 모과나무 잔가지가 고향집의 격자 창문을 소환한다.

그 창문은 대나무를 가늘게 쪼개어 엮은 바둑판 모양의 창문이었다. 여름에는 얼멍얼멍한 모기장을 붙이면 뒤란의 대밭 바람이 소소하게 들어왔다. 어머니는 추석을 앞두고 산들바람이 불면 모기장을 걷어냈다. 풀을 쒀서 실이 들어 있는 창호지를 정갈하게 발랐다. 그리고는 나무 그늘에서 말렸다. 가장자리 빙 둘레에는 코스모스꽃과 단풍잎을 넣어 창호지를 오려서 덧발랐다. 겨우내 고운 꽃과 단풍을 볼 수 있는 일거양득의 지혜였으리라.

그 창문은 탱탱하게 마른 후에 손으로 퉁기면 낭랑한 소고 소리가 났다. 문에 창호지 한 장 새로 발랐을 뿐인데, 볕 든 방안은 마치 어머니 품처럼 아늑하고 깔밋했다. 아침엔 일출의 붉은 물이 곱게 들어 늦잠을 부추겼다. 석양에는 치자빛 노을이 번졌고, 까작거리는 까치 소리와 싸락눈 내리는 소리까지 창호지에 생생하게 스며들었다.

유난히도 눈이 많이 오는 함평 불갑산 밑은 강원도와 버금가도록 겨울이 길고 깊었다. 밤새 종아리 닿도록 눈이 쌓이는 날도 많았다. 초가 지붕들은 하얀 바다에 떠 있는 남해의 올망졸망한 섬 같았다. 눈이 녹고 실뱀 같은 고샅길이 드러날 때까지는 꼼짝없이 집 안에 갇혔다. 몸은 갇혔지만, 눈과 귀와 코의 감각은 창구멍 밖을 나돌았다. 손가락으로 뚫은 격자창의 창구멍은 앙증스런 액자가 되었다. 그 작은 액자 속으로 드넓은 겨울 세상이 마술처럼 옴싹 들어왔다. 눈 쌓인 마당에는 골무만 한 참새가 떼로 몰려들었다. 참새들은 전인미답의 눈 위에 단풍잎 같은 발자국을 찍으며 연신 소복한 눈을 쌀가루인 양 쪼았다. 일곱 살 위의 오빠는 그 순간을 놓칠세라 새덫을 놓았다.

오빠는 헛간에서 넓적한 합판때기를 끌고 나왔다. 그리고는 그것을 비스듬히 세우고 한 자쯤 되는 막대기를 받치고, 그 밑에 쌀을 한 줌 뿌렸다. 막대기 허리에는 가느다란 새끼줄을 매고, 그 끝은 방 안으로 끌고 왔다. 심심하던 우리 오뉘의 눈은 활시위 같은 긴장감으로 팽팽했다. 잠시 후에 벌어질 일을 기대하며, 뚫어놓은 창구멍에 초롱 같은 눈알 넷을 들이댔다. 그럴 때 오빠의 눈은 흡사 콘도르를 기다리는 안데스산맥 토속인의 눈 같았다.

오빠의 날선 눈빛을 알 길 없는 참새들은 고픈 배를 쥐고 새덫 밑으로 오르르 날아들었다. 참새들은 뿌려놓은 쌀에 세상모르고 부리를 박았다. 그때였다. 오빠는 손에 땀이 배도록 쥐고 있던 새끼줄을 확 잡아챘다. 주린 배를 채우던 참새들은 이유도 모른 채 무거운 합판 밑에 납작 눌렸다. 담쟁이잎만 한 날개를 파닥거리며 '짹' 하는 비명 한 마디뿐이었다. 총알이 빗발치는 전쟁터에서도 살 사람은 살아오듯이, 그중에 몇 마리는 압사의 난리를 피해 뒷산으로 잽싸게 날았다. 미처 피하지 못한 몇은 다른 친구보다 더 많이 굶었던 것일까?

오빠는 한참 후에 나가서 합판을 떠들었다. 아직도 온기가 뭉근한 참새 목숨들을 의기양양 주워들었다. 그리고는 숯불이 발갛게 눈을 뜨고 있는 외양간 아궁이 앞으로 갔다. 장지문의 창구멍은 고향집의 앙증스런 액자가 되었고, 출출한 개구쟁이들에게 먹을거리까지 주는 스릴 넘치는 놀이터가 되기도 했다.

그때는 사면의 바람벽이 배가 나오지 않고 반듯하게 선 집, 벽에 손수건만 한 유리창이 있는 순이네 집이 참 부러웠다. 액자 같은 유리창에 애기똥풀꽃이 한 떨기 담기고, 초록 매미 소리가 시냇물처럼 흐르고, 과꽃이 피고, 함박눈 내리는 풍경이 오롯이 담기는 그런 유리창 앞에 철마다 서 있고 싶었다.

60여 년이 지난 지금, 유년의 그 꿈에 거의 근접했다. 소박한 농가 주택 거실창은 사계절 원근이 선명한 수채화를 담아낸다. 큼직한 액자 앞의 따끈한 찻잔. 혼몽한 다선일미茶禪一味 속에서 산국차를 마시고 산국차는 나를 마신다. 한계를 깨닫지 못한 어리석음일까. 또 다른 꿈 하나가 이스트 친 반죽처럼 부푼다. 거실창에 문향이 은은한 수필나무 한 그루 곡진하게 담았으면….

여유당(與猶堂)에서

　남양주의 여유당 앞, 다산 정약용의 생가다. 여유당이라는 당호에 담겨있는 그의 선비적인 삶의 한 모퉁이를 돌아본다.

　역사란 한 나라뿐 아니라 지구 상에서 일어나는 많은 사건과 인물들의 종합기록이다. 그 기록은 무수한 세월이 흐르고 시대가 바뀌어도 후손들 앞에 이렇게 생생한 숨결을 드러낸다. 그뿐 아니다. 찾아주는 발걸음 앞에서 그 시대를 조곤조곤 일러주면서 자신을 일깨워준다.

　흔히 르네상스 시대의 대표적 만능 지성인으로 이탈리아의 레오나르도다빈치를 꼽는다. 그가 서양에서 유명한 미술가요, 과학자요, 기술자요, 사상가였다면 다산은 동양의 만능 지성인이라 할 수 있다. 그는 정치와 법, 의학과 지리학, 문학에도 박식해서 500여 권의 저서를 남겼다. 그것도 그의 생애에 가장 극한의 시기인 유배지에서 쓴 책들이다. 사람은 갔지만, 글귀는 남아서 천수 만수를 누리고 있는 것이다.

　다산이 그 많은 저서를 남긴 데는 그의 학구적인 열정 때문이기도 하지만, 그를 에워싼 시대적인 배경을 빼놓을 수 없다. 한 나라의 임금과 함께 국사를 논하던 선비가 한순간에 무저갱 같은 유배지로 떨어졌다. 벽지 주막의 비좁은 방, 아무도 찾아주지 않는 곳에서 그나마 책과 붓이 있었기에 폭포수 같은 자괴감과 외로움을 선비정신으로 감당했으리라. 어쩌면 붓은 그의 생명을 연장해 준 동행자였다.

감히 여기에 비길 수는 없지만, 필자도 한때, 둥근 수틀을 붙들고 삼복더위도 잊은 채 한땀 한땀 수놓을 때가 있었다. 보리 가시 같은 바늘에 힘든 시간들을 꿰어 수를 놓다 보면, 어느새 깨어진 유리 조각처럼 날선 마음은 수틀처럼 둥글어지곤 했다.

정다산 하면 조선의 22대 임금 정조가 벼루와 붓처럼 함께 떠오른다. 그는 스물두 살에 진사과에 합격하여 정조의 첫 관심을 받게 된다. 그 후 6년 만에 문과에 합격하여 서른도 되지 않은 나이에 임금의 신임을 받으며 함께 나라를 다스리게 된다.

그가 암행어사였을 때의 일화다. 일을 잘하는 고을 수령에게는 임금께 아낌없는 찬사를 주도록 했고, 탐관오리들은 법으로 엄하게 다스려 달라고 했다. 그때 벌써 다산은 임금께 측근의 비리부터 철저하게 징치할 것을 요구했다. '법의 적용은 임금의 측근부터 시작해야 한다. 민생을 소중하게 여기고 국법을 존중해야 한다.'라고 기회 닿을 때마다 직간했다. 이에 다산을 자신의 분신처럼 믿었던 정조는 그대로 시행했다. 권력자 측근의 문제는 예나 지금이나 많은 부작용을 자아내는 것 같다. 권세의 꿀단지에 빠지면 누구도 헤어나올 수 없나 보다. 달콤한 미로의 끝에는 천 길 낭떠러지가 있는데도 어쩐 일인지 그 자리에만 들면, 저들은 모두 청맹과니가 되어버린다. 무기와 연장이 같은 화덕과 모루 위에서 나오듯이, 한 시대의 충신과 간신도 같은 임금 밑에서 나오는 것 아닐까? 그 당시 사회는 시냇물처럼 말갛게 흘렀을 것 같다. 삼백여 년이 지난 지금의 이 나라는 어떤가?

다산은 탁월한 실력을 가진 대학자로서 요직을 두루 거치며, 정조의 사랑을 한 몸에 받았다. 하지만 그 막강한 자리를 통해서 사리사욕을 취했다는 기록은 그 어디에도 없다. 종교의 자유가 보장된 요즘 같으면 무슨 탄핵거리가 될지 모르지만, 그의 반대 당파들은 형제가 천주교를 믿는다는 죄 아닌 죄를 연좌제로 엮어버린다. 세기에 나올까 말까 한 인재를 폐족으로 만들어 긴 유배의 나락으로 안정 없이 밀어버린 것이다.

그는 18년 동안 세상을 등진 유배 생활에서도 나라와 백성을 위한 충정은 한결같았다. 책을 읽고, 부패한 나라의 개혁을 위한 여러 이론서를 쓰는 일에 전심전력을 다했다. 그나마 다행인 것은 유배지에서의 독서와 저술 활동은 간섭받지 않았다는 것이다. 만약에 그마저 제약받았다면 후세들은 그 양질의 책들을 어디에서 만나볼 수 있을까.

삼거리 주막집의 흙벽 골방에서 마음껏 독서하고 집필할 수 있으니, 그에게는 그 방이 천국이었으리라. 됫박만 한 방, 등잔불 아래서 밤이 맞도록 집필했을 학 같은 선비의 그림이, 오늘 여유당의 당호 속에 어른거린다.

그중에 지금도 금과옥조로 삼을 대표적인 책으로는, 공직생활의 지침서인『목민심서』, 제도의 개혁원리와 방안인『경세유표』, 형벌의 운영에 관한 연구서인『흠흠신서』등은 세월이 가고 역사가 바뀌어도 진리이다. 비록 유배지에서 썼지만, 요즘 역사 교과서에는 그에 대해서 죄인 정약용이 아니라, 조선 후기 실학을 집대성한 대학자로 기록되어 있다.

다산은 한 마디로 정조가 키운 큰 학자다. 그는 정조가 필요로 하는 일이 있다면 신명을 다해서 임금이 원하는 답을 만들어 올렸다. 정조가 수원화성을 수축할 때도 그렇다. 큰 바위를 옮기는데, 사람의 힘으로 한다면 엄청난 재정소모는 물론이고 인명 피해도 컸을 것이다. 이때 다산은 과학적인 지혜를 모아서 거중기를 발명하여 화성 수축에 크게 공헌한다. 이로 인해 정조의 다산에 대한 신임은 더욱 두터워졌으리라. 예나 지금이나 실익 없는 당파싸움으로 그 같은 인재를 놓치게 된다는 것은 국가적인 큰 손해다.

유배 생활 후에는 고향인 남양주(그 당시 경기도 광주부) 생가로 돌아와 문설주에 '與猶堂'이라는 현판을 걸었다. "與 함이여 겨울 냇물을 건너듯이, 猶 함이여 너의 이웃을 두려워하듯이." 노자의 도덕경에 나오는 글귀를 딴 것으로, 다산이 유배 생활 후에도 얼마나 숨죽이고 겸손하게 살았는지 짐작케 한다.

정조와 다산의 관계를 보면 올바른 임금 아래서만 올바른 신하가 빛을 발하는 것을 알 수 있지 않은가? 그래서 후세 사람들은 이 두 사람의 관계를 일컬어 어수지계魚水之契로 비교하고 있다. 요즘도 좋은 강물 같은 지도자가 있고, 그 곁에 마음껏 헤엄칠 수 있는 보필자가 많다면 세상은 초원 같을 것이다. 민초들은 그저 부는 바람에 잠시 눕고, 바람이 자면 다시 일어나서 세상을 노래할 수 있지 않을까. 다산이 꿈꾸었던 바로 그런 세상을….

떡집 신문지의 맛

"사장님, 감사합니다."

아무도 없는 시골 떡집 작업대 위에 메모 한 줄 남긴다. 그러고 나서 찹찹히 모아놓은 신문지를 한 아름 안고 나온다. 이렇게 떡집 사장님과 신문지 이웃이 된 지 2년 차다. 두툼한 신문지를 옆 좌석에 태우고 달리는데, 솔솔 풍겨오는 활자 냄새가 수원시립도서관 서고의 책 냄새처럼 코를 간질인다. 오래전부터 갖고 싶던 베스트셀러 몇 권을 손에 넣은 듯 마음이 흡족하다.

폐휴지 수거함에 들어갈 날짜 지난 신문지이다. 그것이 내게로 오면, 새벽 이내 속을 헤치고 온 듯 다시 싱싱한 조간신문으로 숨을 탄다. 이번에는 어떤 재미진 이야기들이 면면에 소복이 담겨 있을까? 가을 산천을 헤매던 노루가 시냇물에 코를 박듯이, 신문지를 펼치고 크고 작은 기사들의 행렬에 돋보기 눈을 깊이 들이댄다. 단숨에 몇 줄을 동시에 마셔도 목에 걸리지 않고 술술 넘어간다.

4년 전 수원의 아파트 생활을 정리하고, 이곳(용인의 산촌)에 정착했다. 전기와 상수도는 겨우 들어온다. 하지만 주변에 상가는커녕 구멍가게 하나 없다. 그런데 무엇보다 아쉬운 것은 일간지 배송이 되지 않는다는 것이다. 인근 몇 군데 지국에 문의했으나 허탕이었다. 한 집 보고 여기까지 올 수 없다는 대답이다. 본사로 우편 신청을 해봤지만, 그 또한 인력 때문에 불가하다는 휑한 답만 돌아왔다. 이쯤 되니 40여 년 동안 만나던 J 일보와 이별할 수밖에 없었다. 신문 단절은 예상외로 내게 금단현상처럼 다가왔다. 아침이면 맥없이 거실을 서성이며 사립문에 눈길을 주곤 했다.

　그러던 어느 봄날, 쑥인절미를 하려고 면 소재지에 있는 떡집을 찾아갔다. 차로 10여 분 달리니, 허름한 이층집 외벽에 '임마누엘 떡집'이라는 화투짝 같은 간판이 보였다. 하나님이 늘 함께하는 떡집이라니, 주인이 신실한 기독교 신자일까. 나이 쉰쯤 되어 보이는 아주머니 혼자서 사장과 종업원을 겸하는 가정집 같은 떡집이었다. 그런데 들어서자마자 작업대 위에 어지럽게 포개져 있는 떡시루보다 먼저 눈에 들어오는 게 있었다. 나지막한 선반에 쌓여 있는 신문지 더미였다. 더구나 내가 그렇게도 구독하려 하던 J 일보였다. 수십 년 낯익은 활자가 불나비 떼처럼 내게로 화들짝 날아들었다. 떡을 기다리는 동안 쌓인 신문지를 거의 읽었다.

　"사장님, 여기는 일간지가 오나 봐요?"

소재지에서 차로 10여 분 거리이지만 배달하는 사람에게는 촉박한 아침 시간에 먼 거리일 것 같다고 했다. 인심이 후하게 생긴 사장님은 신문을 맛나게 읽고 있는 나에게, 날짜 지난 것이지만 괜찮으면 갖다 보라고 했다. 그렇게 해서 얻어 보게 된 신문지는 적적한 산골 생활에서 맛깔스런 양념이 되었다.

날짜 지난 '신문지'라도 좋았다. 나에게 오면 신문 내 확 풍기는 '조간신문'이 되는 것을. 신문지 한 묶음 안고 오는데, 학창시절 광주 동명동의 헌책방 구석에서 먼지 뒤집어쓰고 있는 귀한 참고서를 만났을 때처럼 옹골졌다. 그날 이후로 면 소재지에 볼일이 있을 때마다, 하나님이 함께하시는 그 떡집을 먼저 들르고 다른 일을 보게 되었다.

어떤 날은 신문지 갈피에 인절미 귀볼기와 가래떡 쪼가리가 붙어오기도 한다. 기계에서 빚어나오는 떡을 정리하며 자투리 시간에 떡 묻은 손으로 신문을 펼쳐보았을 사장님. 참 부지런하시다. 그녀도 나처럼 문화면에 관심이 많았을까? 문화면의 머리기사 어름에 붙어서 딱딱해진 가래떡 한 조각이 저도 활자인 양 행간에서 반짝인다. 그녀의 나누는 마음씨 한 줌처럼.

그뿐 아니다. 이와 같은 신문지가 내게로 오는 또 하나의 길이 있다. 이런 내 사정을 알게 된 한 문우는 가끔씩 두툼한 신문지 다발을 안겨준다. '얻은 떡이 두레 반'이라는 옛말처럼 이렇게 모아다 주는 정성에 마음이 늘 풍요롭다. 한 장도 허투루 버릴 수 없어서 광고

란까지 빠짐없이 톺는다. 견물생심이라 했던가. 올겨울 초입에는 광고란에 그럴듯하게 선보인 두툼한 방한화도 한 켤레 구매했다. 덕분에 털신 속의 야윈 발이 겨울 내내 후끈하다.

신문지를 읽을 때는 소쿠리 같은 메모지를 곁에 놓고, 맛깔스런 단어를 보면 냉큼 주워 담기도 한다. 메모 소쿠리가 채워질 때의 포만감은 이루 말할 수 없다. 정치면에서는 눈 씻고 봐도 보이지 않는 미담들이 사회면과 문화면에는 숭어리 째 쌓여 있기도 한다. 주워 담은 미담으로 마음자리는 하루 종일 뭉근한 구들방이 된다. 평범한 회사원이었던 한 여성이(『탄금』의 작가 장다혜) 독학으로 일류 소설가의 꿈을 이뤘다는 박스 기사는 구구절절이 선생님이었다.

어릴 적에 시골 동네에서 신문을 보는 집은 이장님 댁뿐이었다. 어쩌다 신문지 한 장 손에 잡히면 방바닥에 펼치고 깨알 같은 기사를 뜻도 모르고 다 주워 먹었다. 그러고는 그 신문지에 구구단을 외어 쓰며 연습장으로 또 한 번 사용했다. 그런 다음 나달나달한 신문지는 손바닥만 하게 잘려서 뒷간으로 마지막 길을 갔다. 그때는 종이가 어찌 그리 귀했던지. 신문지 좋아하는 습관은 아마도 그때부터 시작된 것 같다.

오늘 안고 온 임마누엘 떡집 표 신문지가 거실 탁자 위에 스승처럼 좌정한다. 옹골진 내 마음도 제자처럼 그 앞에 나붓이 앉는다. 거문도 앞바다의 숭어 떼 같은 말들이 빛바랜 신문지의 행간마다 후드득 후드득 튀어 오른다.

우리는 촘촘히 얽혀있는 수많은 존재의 그물망 속에서 살아간다.
오늘도 날짜 지난 떡집 신문지의 행간을 누비며 그물 같은 인연 맺기
를 하고 있다.

베틀 소리에 귀를 묻다

밤톨만 한 재봉틀 북, 그 안에는 60여 년 된 친정어머니의 베틀 북도 옹크리고 있다. 그때 어머니의 두 손은 베틀 북과 하나인 듯했다. 날렵한 북은 날실의 왼쪽, 오른쪽을 물오리처럼 오갔다. 오리 같은 북은 왼손에 잡혔나 하면 어느새 오른손에 쥐어졌다. 어머니의 베틀가歌는 신명 나게, 때로는 구슬프게 가야금 줄 같은 날실 위를 타고 넘었다.

새로 사 온 청바지 단을 직접 재봉틀로 줄인다. 노루발이 두꺼운 청바지 단을 넘느라 헉헉 숨가쁘다. 바지 단이 반쯤 돌아가다가 노루발이 그만 허방을 짚었다. 다시 방향을 잡고 뭉툭한 솔기를 겨우 올라선다. 그것도 잠시, 촘촘하던 바늘땀이 오라기처럼 떠버린다. 밑실이 윗실을 잡아 묶지 않은 것이다. 마치 술술 잘 풀리던 일이 장애물을 만난 듯하다.

북통을 열어 실패를 꺼내본다. 달팽이 집 같은 북 통의 실패가 맨살이다. 자동차의 휘발유는 재고량을 숫자로 환히 볼 수 있다. 그런데 재봉틀의 밑실은 도무지 실의 양을 전혀 가늠할 수 없다. 노루발이 오늘처럼 허방을 짚을 때면 북통 속의 밑실은 한 바람도 없이 바닥이 난 것이다. 북 실은 자신을 조금도 드러내지 않는다. 숨이 다 할 때까지 윗실을 묶어 바늘땀을 만들며 제 깜냥을 다한다.

빈 실패에 밑실을 감는데 실끝에 친정어머니의 베틀 북이 딸려 나온다. 어머니의 베틀에도 씨실을 나르는 '북'이라는 게 있었다. 그 북에는 늘 도톰한 실꾸리가 들어 있었다. 지금 재봉틀의 북도 거기에서 유래된 이름일까?

베틀은 용두머리, 잉아, 도투마리, 말코 등 60여 개의 부속품으로 이루어져 있다. 그런데 북의 모양이 나막신 같기도 해서 어머니 몰래 신어보다가 혼쭐나기도 했다. 북에 상처가 나면 날실을 끊어먹기에 어머니는 많은 부속 중에서 양 끝이 유선형인 북을 유난히 아꼈다. 우리 집 베틀은 할아버지가 손수 만들어서 막내며느리인 어머니에게 선물로 주셨다. 특히 북은 오리나무를 깎아서 정교하게 만들었다고 했다. 작은 종선從船 같기도 한 북은 오랜 세월 어머니의 손에 닳아서 윤기가 자르르 흘렀다. 열아홉 살 풋풋하던 새댁을 지천명의 길쌈 달인으로 만들어 준 베틀이었다. 그것은 항상 볕이 잘 드는 바라지창 옆에 식구처럼 자리했다.

베틀에서 눈에 쉽게 들어오는 것은 날실을 푸짐하게 감고 좌장처럼 뒤쪽에 걸터앉은 도투마리이다. 하지만 날실이 도투마리에 제아무리 많이 감겨 있어도 그것만으로는 한갓 실에 불과하다. 옷을 지을 수 있는 베가 될 수 없다. 북이 씨실을 품고 날실 사이를 부지런히 들락거려야만 무명베, 명주베가 필이 되어 말코에 두툼하게 감긴다. 북은 어쩜 어머니와 같다. 북 속에 방방하게 품은 씨실은 어머니의 도타운 정이 아닐까. 아버지의 날실 같은 듬직한 성정과 어우러져 한 필의 가정을 이루는 것이다. 날실과 씨실이 마주치는 운명적인 만남의 지점이 가정이요, 부부가 아닐까?

어머니는 농번기에도 저녁 식사만 끝나면 베틀의 잉아에 날실을 걸었다. 손에 쥔 북꼬리에서는 씨실이 밤새 거미줄처럼 나왔다. 밤을 꼬박 새우고 창호지 문으로 잿빛 새벽이 스며들 때면 한 필의 무명베, 모시베, 명주베를 말코에서 끊어냈다. 그때 어머니의 뿌듯함은 세상을 다 가진 듯했을 것이다. 밤새워 키보드를 두들겨 엉성한 수필 한 편 건져 올리는 겨자씨만 한 내 기쁨을 어찌 거기에 비할 수 있을까. 굳이 그렇게라도 그때 어머니의 옹골지던 마음에 가까이 가보고 싶다.

베틀에서 내려온 명주베에 치자물을 들이면 나비 같은 노랑저고리가 되었고, 홍화씨 물을 들이면 백일홍처럼 탯거리 자르르한 명주치마가 되었다. 그렇게 지어준 설빔을 몇 달씩이나 기다리던 풍선 같은 마음들이 유년시절 저쪽에 두둥실 달려있다. 구멍 난 창호지문으로 별들은 무더기로 쏟아져 들었다. 수많은 별들을 몽당치마 깃에 주워 담으며 엄마가 베틀에서 내려오길 기다렸다.

어머니는 낮 동안 밭에서 해가 맞도록 한 마리 해오라기가 되었고, 밤에는 베틀에 앉아 새벽까지 베틀지기가 되었다. 하룻밤에도 북은 빵빵한 실꾸리를 수없이 먹어치웠다. 그리고는 모세의 기적처럼 위아래로 나뉘는 날실 가닥 사이로 재바르게 씨실을 늘였다. 지켜보던 바디가 냉큼 달려와 그 씨실 한 올을 밀어쳤다. 북은 새댁의 버선발처럼 스르릉 오가지만, 바디는 다질 때마다 맑은 소리를 냈다. 그래서 바디소리만 들어도 베짜기 초보와 숙련자를 알 수 있었다. 겨울밤의 찰진 다듬이 소리도 소쇄하지만, 바디소리도 그와 버금갔다. 그 소리는 우리들을 꿀잠 속으로 '딸깍 딸까닥' 밀어 넣었다. 어머니의 바디소리 맛은 지금도 귓전에 삼삼하다.

그 후에는 값싸고 색상도 다양한 다림질이 필요 없는 '다후다'와 '인조견'이라는 화학섬유가 나왔다. 그것은 서민들에게 폭발적인 인기였고, 뭇 여성은 길쌈에서 해방되었다. 뉘집이나 재산 목록의 윗자리를 차지하던 베틀이 사라진 것은 아마도 이 무렵부터였으리라.

재봉틀 돌아가는 소리도 제법 들을 만하다. 오늘도 '달달달' 흉내를 내며, 손주들은 자꾸만 재봉틀 밑으로 기어든다. 어머니가 내 귀에 넣어준 바디 소리를 지금도 끄집어내듯이, 손주들도 할미의 재봉틀 소리를 귀에 담아 오래도록 간수할까? 재봉틀의 북에 실을 넉넉히 감으며 60여년 전 어머니의 베틀 밑으로 귀를 모은다.

돌접시 친구

　나는 한물간 얼큰이라고 불린다. 얼굴이 두 뼘 정도로 정월 대보름 달 같다. 내가 봐도 요즘의 해반들한 친구들과는 많이 다르다. 섬마을 아낙네처럼 투박하다. 아줌마는 그런 나에게 무얼 담아도 풍채가 좋다며 애지중지한다.

　접시 한복판에는 크림샌드만 한 구절초꽃 두 송이가 그려져 있다. 줄기가 교차되어 있어서 꽃이 포개 안은 듯하다. 고동색 이파리는 줄기를 따라서 빨강머리 앤의 모자 레이스처럼 돋아있다. 그 꽃 사이에는 개망초꽃 네 송이가 빠끔히 얼굴을 내밀고 있다. 그 발부리엔 연보라색 제비꽃 두 포기가 계절을 잊은 듯 가을꽃 속에 생뚱맞게 끼어 있다. 흡사 단란한 가족의 밥상에 보태앉은 아침 식객食客 같다. 가장자리의 연갈색 굵은 곡선이 삼간초가를 둘러친 싸리 울타리 같다. 그 울타리 끝에는 조각달이 걸려있다. 마치 오빠가 한 입 베어 먹어버린 누이동생 손에 쥔 쑥개떡 같은 달이다. 조각달도 누이동생처럼 울상이다.

이댁 아줌마와 연을 맺은 지 43년이 지났다. 그당시 직장 여성들 사이에는 돌처럼 무겁고 밟아도 깨지지 않는다는 일명 돌접시에 대한 입소문이 무성했다. 그래서 빠듯한 혼수품에도 밍크 담요와 함께 우리를 끼워 넣었다.

지금 그녀는 반백의 할머니가 되어있다. 하지만 처음 만날 때만 해도 단정한 유니폼에 긴 생머리 아가씨였다. 그때가 일생에서 참 고운 때인 것을 알고나 있었을까? 요즘 그녀는 가끔씩 거울 앞에서 물풍선처럼 처진 볼을 자꾸 쓸어 올린다. 그럴 때면 짠하다. 나는 아직도 처음 그대로인데, 그녀는 주름 골이 보리밭 이랑처럼 깊어간다. 마음 같아서는 나의 탱탱한 피부를 몽땅 주고 싶다.

그 시절에 주부들은 품위가 있다며 찬장에 그릇들을 세트로 들였다. 낱개보다는 세트가 값도 훨씬 무거웠다. 그래서 할부 구매가 많았다. 그날도 외판원이 우리들을 차에 가득 태우고 홍보차 들렀던 곳은 롯데제과 광주지점이었다. 외판원들은 점심시간 후의 황금 같은 커피타임을 용케도 잘 맞췄다. 마치 미인대회라도 하듯이 우리를 탁자 위에 요리조리 늘어놓았다.

그때 한 긴 머리 아가씨가 처음 보는 순간 나를 냉큼 보듬었다. 그녀의 품에서는 오이 비누 냄새가 확 풍겼다. 순간 어질병까지 일으켰던 그 향기는 지금도 코끝에 남아 있다. 내 얼굴 위에 그려진 풀꽃

무늬를 보고 첫눈에 반한 그녀, 남녀 사이에 사랑의 큐피트는 3초 이내에 꽂힌다고 했던가. 아줌마는 아마도 그보다 빨랐던 것 같다. 역시 우리 사이의 사랑의 온도는 염려하던 양은냄비가 아니었다. 구들방처럼 여태 뭉근하다.

그렇게 맺어진 인연이 그녀 곁에서 봄, 여름, 가을, 겨울이 마흔세 번씩이나 바뀌었다. 20여 차례의 이사길에서도 털끝 하나 상하지 않았다. 아줌마의 배려를 알만하지 않은가?

긴 머리 그녀는 많은 이야기가 깃들어 있는 꽃무늬를 보며, 아마도 결혼 후의 달콤한 보금자리와 야생화 같은 다산多産을 생각했을까? 우리나라 1980년대의 "둘도 많다. 하나만 낳자."라는 떠들썩한 산아제한 정책에도 그녀는 귀를 꾹 닫았던 것 같다. 풀꽃 같은 딸을 넷씩이나 길러냈다.

그녀는 소아과에 갈 때마다 간호사들의 솔잎 같은 시선이 따가웠다. 다자녀 혜택은커녕 가족계획도 모르는 촌부로 여기는 듯했다. 하지만 그녀는 꿋꿋했다. '맞아요. 딸들이 보배지요.' 나는 만사 제쳐놓고 그녀를 향해서 응원의 깃발을 높이 들었다.

"금곡 떡네 큰자부제? 그렇게, 이놈도 저놈도 모다 딸인 갑네 잉?" 그녀가 딸 넷을 데리고 시댁 광암 마을에 가는 길이었다. 출렁이는 시골버스 안에서 동네 할머니들이 한 마디씩 포갰다. 그들은 올망졸망한 아이들의 엉덩이를 훑으며 성별 조사까지 확실하게 했다. 그럴 때면 그녀의 얼굴이 딸기 바가지처럼 붉어졌다. 딸 많이 낳은 게 무슨 죄라고. 불과 30~40년 전의 일이다. 한 치 앞을 가늠하지 못하는 우리나라의 인구정책이 원망스러웠을 것이다.

지금은 대대적으로 다산多産 장려정책을 봇물처럼 쏟아내고 있다. 갖가지 육아수당, 학비 지원, 아파트 우선분양 등의 맛깔스런 미끼를 풍성하게 뿌려댄다. 그래도 젊은이들이 물어야 할 낚시의 찌는 까딱도 하지 않는다. 다산은커녕 결혼 자체를 기피하고 있는 추세다.

나에게 그처럼 곡진한 사람을 어디에서 또 만날 수 있을까? 심지어 그녀의 딸들을 시집보낼 때, 내 얼굴의 풀꽃 무늬에 습자지를 놓고 본을 떠서, 수를 놓아 모시홑이불을 지었다. 그뿐 아니다. 모시홑이불을 소재로 한 수필로 문예지에 응모하여 등단도 했다. 나와 그녀의 인연은 뗄 수 없는 찰떡이다.

아줌마에게 그토록 고임 받는 일을 생각하면, 더 멋지고 좋은 사람이 아무리 유혹하며 들까불어도 내 몸을 함부로 놀릴 수 없었다. 몸에 털끝만 한 흠집도 내서는 안 되었다. 세련된 크리스털 접시들이 '네 몸은 네 몸이 아니구나?'라며 비웃어도 일편단심, 숨이 멎을 때까지 지조를 지킬 것이다.

그녀와 함께한 40여 년, 자애慈愛가 인연이 되어 만난 사이이다. 긴 세월, 인간과 접시라는 이분二分을 초월하여 평등한 생명체로 받아주고 동행해준 그녀가 존경스럽다.

소금밭 같은 개망초 꽃 무리 위에 이슬비가 보슬보슬 얹히는 날이면 그녀는 어김없이 파전을 부친다. 그리고는 보름달 같은 내 가슴에 또 다른 달만 한 파전을 안겨준다. 뜨거운 파전이 그녀의 체온처럼 온몸을 달군다. 그녀와 나는 사십여 년이 지난 지금도 청춘이다.

멈추지 않는 사과(謝過)

슈타인 마이어 독일 대통령과 안제이 두다 폴란드 대통령이 나란히 입장한다. 2차 대전 80돌을 기념하는 폴란드 비엘룬의 한 소박한 식장에서다.

요즘 이웃 나라 일본의 한국에 대한 수출 규제로 우리나라 대기업은 물론 연관된 많은 기업체들이 아우성치고 있다. 귀에 쟁쟁한 아우성 속에 중앙일보를 넘기는데 굵직한 고딕체 제목이 눈길을 붙잡는다. '멈추지 않는 사과謝過'란다.

1939년 9월 1일 새벽, 독일 공군의 기습 폭격으로 비엘룬 도심이 거의 파괴되었다. 평화롭던 도시의 새벽이 순식간에 민간인 1,200여 명의 희생으로 피바다가 되었다. 그렇게 해서 세계인의 비극인 2차 대전이 그곳에서 시작되었다고 한다.

그러고 보면 한국전쟁도 이와 흡사하다. 북한군은 선전포고 한마디 없이 1950년 6월 25일 새벽에 탱크를 밀고 줄줄이 내려왔다. 우리 군이 잠시 긴장을 풀고 새벽잠에 들어 있을 시간이었다. 적군은 그것도 휴일 새벽에 국군을 밀어붙인 것이다. 비엘룬을 공격했던 독일군도 아마 그런 허점을 노렸을 것이다.

지난 9월 1일, 폴란드는 상징적인 도시 비엘룬에서 2차 대전 80돌을 기념했다. 폴란드 국민은 당시의 아수라장 같던 그날의 아픔을 매년 되새긴다고 한다. 그리고 행사도 폭격 당시 그날처럼 이른 새벽에 진행한단다. 환하게 밝아야 할 행사장은 80년 전 악몽의 순간처럼 불빛 한 점 없이 전깃불도 모두 끄고, 사이렌이 울리고…. 기념식장은 후세들과 함께 그날의 긴박감을 생생하게 체험하는 산 교육장이 되는 것이다.

식장 정면의 영상에는 공포에 질린 어린 아들을 품에 안고 사색이 된 젊은 엄마의 모습이 떠 있다. 품에 안겨있는 아이와 엄마의 얼굴은 희푸른 옥양목처럼 창백하다. 겁에 질린 두 얼굴에서 모자의 벌떡거리는 심장 소리가 화면 밖으로 흘러나오는 듯하다. 그들은 기억하고 싶지 않은 끔찍한 참화였지만, 그때의 절박했던 순간을 후손에게 전해주려고 애쓴 흔적이 역력하다. 전쟁을 경험하지 않은 세대에게 그 참혹함과 패전국의 슬픔을 뼛속까지 가르치려는 것이다.

우리도 이런 점은 타산지석他山之石으로 삼아야 할 것 같다. 한국전쟁을 경험하지 못한 후세들을 위해서는 폴란드 같은 세심한 노력이 필요하지 않을까 싶다. 내 나라는 내가 지키겠다는 사명감도 부족하고, 백수가 될지언정 힘든 일은 하기 싫다고 말하는 것이 이 땅의 요즘 세태다.

독일의 슈타인 마이어 대통령은 모든 일정 접어두고 이른 새벽도 개의치 않고 그 행사장으로 날아간 것이다. 가해자로서 피해자의 마음을 다독이려면 어떻게 해야 하는지를 세계인에게 보여주는 대목이다. 새벽잠을 깨우며 먼 길을 날아와 사과하는 상대에게 등을 돌릴 수는 없을 것이다. 독일의 폭격으로 숨진 이들을 기리는 추모비 앞에 머리 숙인 두 나라 대통령, 그 모습을 보며 아마도 독일과 폴란드 국민들의 마음에 훈풍이 불었을 것 같다.

두 나라의 화해 이야기가 신문 한 면을 아름답게 수놓고 있다. 활자 하나하나가 한 땀씩 새겨 넣은 촘촘한 수繡 같다. 두 나라 국민들은 지도자가 닦아놓은 화해의 길로 앞만 보고 걸어가면 되는 것 아닌가. 모름지기 참된 지도자의 자리는 제왕 같은 권위만 내세우는 자리가 아니다. 국민이 마음 놓고 제 길을 갈 수 있고, 제 할 일을 할 수 있도록 다리를 놓아주되, 스스로 걸어가도록 가만 놓아둘 줄 아는 자리가 아닌가 싶다.

두터운 생기의 바람에 날개를 펼치고 남명南溟으로 날아간 대붕大鵬, 반성과 사죄와 배려의 날개를 편다면 품지 못할 아픔이 있을까. 독일 대통령은 그때 악몽 같은 폭격에서 살아남은 피해자를 만나 손을 잡아주기도 했다. 그는 독일인이 인류에 대한 큰 범죄를 저질렀다며 진심으로 사과했다. 폴란드 대통령은 독일 대통령의 이날 방문을 '도덕적 배상'이라고 표현했다. 물질적인 배상은 이미 끝났지만, 마음에서 우러나는 진

솔한 사과를 오랜 세월이 지나도 멈추지 않는 독일인이다. 독일 지도자들의 이런 태도는 굳게 닫힌 피해자의 마음을 활짝 열고 있다.

거기에 비하면 이웃 나라 일본은 어떤가? 사과는커녕 우리 민족의 찢긴 상처 위에 왕소금을 뿌리고 있다. 경제보복이라는 핵폭탄을 터뜨린다. 그나마 다행인 것은 일부 일본인들 가운데는 바른 생각을 갖고 있는 인사들이 있는 것 같다. 일본의 전 총리인 하토야마 유키오는 얼마 전 부산대학교 특별강연에서 '전쟁 피해자가 더는 사죄하지 않아도 된다고 할 때까지 사죄하는 마음을 가져야 한다.'라고 했다. 폭력을 행사한 사람은 잊어도, 피해자는 그 아픔을 결코 잊을 수 없다고도 했다.

우리가 진정으로 이웃이 되려면 자기 입장만 보고 거기에 집착하는 옹고집을 버려야 할 것이다. 양면을 통째로 보는 일이야말로 '하늘의 빛으로 비춰 보는 것'이고, 이를 장자에서는 '양극의 조화'라고 했다. 이런 조화가 이루어질 때 어찌 분쟁이나 전쟁이 있을 수 있을까. 비록 지구 상에 금을 긋고 '내 나라, 네 나라' 하지만, 인간의 마음까지 금을 긋지는 말아야 할 일이다. 온 인류가 마음을 비우고 굶는다면 하나의 세계가 되지 않을까.

도덕적 배상은 거창한 것 같지만, 우리의 소소한 삶에서도 많이 볼 수 있는 뭉근한 마음 씀씀이가 아닌가. 물질보다 소중한 마음이다. 이웃 나라 일본의 수장이 우리나라 광복절 행사에 참석할 수 있는 날을 기대해본다.

멸치와 놀다

숨을 멈춘 아이들이 입을 쫙 벌리고 있다. 입을 결기 있게 꾹 다물고 있는가 하면, 가느다란 몸이 동그라미를 만들기도 했다. 초점 잃은 눈알의 시선이 오히려 평화롭다.

멸치볶음을 하려고 마른 멸치를 다듬는다. 크지도 작지도 않은 중간 크기의 주검들이다. 먼저 하얀 눈알이 박혀 있는 까칠한 대가리를 떼어낸다. 대가리 속에는 우뇌와 좌뇌도 없다. 거미줄 같은 신경줄 한 가닥도 없다. 껍질뿐이다. 텅 빈 머리로 어떻게 바닷속을 헤집어 생전에 그 많은 끼니를 챙겼을까. 그래도 가슴 언저리까지 불룩한 똥을 담고 숨을 거둔 멸치가 신기하다. 아마도 이들에게 미처 비울 시간이 없을 정도로 급박한 순간이 있었던 것 같다. 삶이 무한한 줄만 알고 목 아귀까지 채웠던 욕심을 비우지 못하고 가는 인간과 흡사하다.

메스도 들지 않은 맨손으로 수백 마리의 주검을 능숙하게 해부한다. 생전에는 제법 질겼을 아가미까지 쉽게 부서진다. 아직 푸른 물빛이 감도는 몸을 반으로 쪼갠다. 마른 근육에서 한 줄 등뼈가 갈비뼈까지 오롯이 달고 빠져나온다. 아래턱이 빠지도록 벌린 입속에서 아직도 남아 있는 멸치의 붉은 절규가 흘러나온다. 그 소리에 손끝이 아리다. 그렇지만 저녁 밥상의 고소한 멸치볶음 접시에 내 손이 먼저 갈 것 아닌가. 위선의 맨 낯이다.

마른 멸치의 모양은 언뜻 보기에 모두 똑같다. 하지만 자세히 보면 그 모양이 각각 다르다. 지구촌에 생존하는 78억 사람들의 얼굴이 모두 다르듯이. 꾹 다문 입에서 죽기 직전 멸치의 생각이 유언처럼 읽힌다. '기왕 죽을 몸인데, 당당하게 가자.'라고 했을 것 같다. 꽉 다문 입이 죽어서도 다부지다. 나도 언젠가 맞이할 죽음 앞에서 이처럼 단호할 수 있을까. 이미 부름 받은 처지라면 최소한 멸치만큼이라도 당당하게 가야 하지 않을까 싶다. 촌각의 연장에 아등바등 미련 두지 말 일이다.

크게 벌린 입의 아래턱이 구부러진 꼬리에 닿아 있기도 한다. 어떤 것은 옆 친구의 꼬리를 문 채로 입에 자물통을 걸어버렸다. 일자로 반듯하게 마른 놈도 있다. 박태환 선수처럼 쭉 뻗은 몸이 금방이라도 바다 물속으로 뛰어들 것 같다. 등을 활처럼 구부린 놈은 손연재 선수의 리본체조를 연상케 한다. 이순을 넘어가며 디스크로 조금씩 굽어가는 내 등허리의 결국도 이런 모양이 되지 않을까 싶다.

숨을 멈추기 직전에 이들에게 도대체 무슨 일이 있었던 것일까? 아가미가 부서질 정도로 작은 입을 크게 벌렸으니. 갑작스런 죽음 앞에 맞닥뜨리며 누군가에게 본능적으로 살려달라고 외쳤을지도 모른다. 또 하얀 눈알이 튀어나와 눈시울에 매달린 것은, 따라가지 않으려다가 저승사자에게 뒤통수라도 한 대 얻어맞았을까? 명탐정은 주검의 상태만 보고도 범인을 추적할 수 있다고 한다. 그야말로 죽기 전의 아비규환이 선하다. 숨 줄을 놓던 순간의 상황은 삼악도三惡道 중에 지옥도地獄道쯤 되었을까? 우리 인간의 저승 가는 길목이 이런 모습이라면…. 겁이 살짝 난다. 그러나 어떤 모양으로든지 오라고 하면 지체 없이 가야 하는 길이 그 길 아닐까.

이 아이들이 바닷속을 떼로 몰려다닐 때가 태평천국이었을 것이다. 그때는 모기장처럼 촘촘한 그물눈을 예측이나 했을까? 세상모르고 그저 너울거리는 수초 사이에서 천사처럼 노닐었을 것이다. 그때의 등이 푸른 멸치의 반짝거렸을 눈알은 온데간데없다. 허연 석회질 눈알만 서럽게 박혀 있다. 촘촘한 그물에 아무 짬도 모르고 한꺼번에 잡혔을 것이다. 파닥거리며 허둥대는 사이에 지옥의 염산불 못 같은 가마솥으로 밀려들어 갔을 것이고. 철썩거리는 파도 소리가 완전범죄라도 노렸을까. '아악!' 외마디 소리를 흔적 없이 지워버렸다. 오직 굳어버린 작은 주검이 멸치의 억울함을 호소하고 있다.

지금 내 손에 의해서 해부당하고 있는 멸치는 좁쌀만 한 눈으로 마지막 순간에 무엇을 보았을까? 아마도 바다 물빛 같은 하늘과 하얀 구름 한 조각이 멸치의 마지막 할딱이는 숨소리에 귀 기울였을 것이다. 지금 처참하게 튀어나온 눈알에는 그 순간의 흰구름 조각이 담겨 있지 않을까. 바다 물빛 같던 생멸치의 눈은 간 데 없고, 등이 새파랗던 생멸치의 지난날도 덧없다. 지금 제법 지혜로운 척 반짝거리는 나의 까만 눈알도 그날에는 이와 다르지 않으리라.

우리가 살아가는 동안 누구나 한 번쯤은 막다른 골목에서 절벽과 마주할 때가 있다. 비명은커녕 신음소리마저 어금니에 사려 물어야 하고, 생생한 오장육부가 숯덩이가 될 때도 있다. 입을 꾹 다물고 명줄을 놓아버린 멸치처럼. 그럴 때 어떤 이는 삶을 뒤로하고 생의 모서리로 달려가기도 한다. 그런가 하면 다른 이는 위기를 새로운 삶의 기회로 바꾸기도 한다. 생生과 사死의 두 길, 우리 곁에서 매 순간 철로처럼 달린다. 그런데도 우리는 외눈박이가 되어 生 쪽만 바라보고 마냥 걷는다.

멸치는 작은 주검까지도 인간에게 보시한 것이다. 내려놓은 만큼 가벼워진다고 했던가. 붉은 서러움은 사라지고, 소요유逍遙遊의 푸른 노래가 쫙 벌린 입속에서 법문法文처럼 쏟아진다.

쓰루카메마쓰의 아우라

　일본 가가와현 다카마쓰시에 가면 리쓰린 공원이 있다.

　400년의 역사를 자랑하는 23만 평의 공원에는 별처럼 많은 꽃들과 1,400여 그루의 분재 같은 소나무가 눈에 띈다. 그런데 하나같이 그들은 상이군인들의 군상 같다. 그중에서 가장 우아하다는 명패를 달고 있는 쓰루카메마쓰(학과 거북소나무)라는 소나무를 보았다. 그 앞에 서자 소나무 가지들이 발길을 붙든다. 그리고 나지막이 말을 걸어온다. 어라? 들어볼 만하다.

　학소나무는 다른 친구와 다르게 전문 트레이너의 관리도 받는다고 한다. 쓰루, 곧 학鶴이라는 이름 때문에 다른 이들이 부러워할 만큼 사람들의 고임을 받는다고 한다. 그래서 소나무가 더 큰 고통을 받을지도 모른다. 그에게는 관리받는 게 고통이라는 것을 누가 알까.

　공원 중앙에 110개의 돌덩이를 쌓아 거대한 거북이(카메)를 형상화한 조형물이 있다. 그 뒤로 학(쓰루)이 창공을 나는 듯한 흑송 한 그루가 밀려드는 사람들의 시선에 타버릴 것 같다.

학과 거북, 두 존재의 수명이 천 년을 간다는 설說 때문일 것이다. 우리 인간들은 그 형상이라도 만들어서 바라보며 자신들의 수명을 한 치라도 늘여보려는 심산인 듯하다. 그런다고 실제 수명이 얼마나 더 길어질까 싶다.

멀리 바라보이는 산주름을 헤아리며 아침이슬과 저녁 이내를 먹으며 노닐었을 소나무가 아닌가. 영문도 모르고 뿌리째 뽑혀 낯설고 물설은 이곳으로 실려 왔을 것이고. 그날부터 거북이 등이라는 110개의 돌덩이 뒤에 강제로 위리안치 당한 것이다. 소나무의 서러움으로 굳어진 사지四肢 근육이 꿈틀거린다. 그 근육에서 금방이라도 통곡이 터질 것 같다.

소나무는 자기의 의지와는 다르게 그 후부터 장인의 손에 의해서, 겉은 학이요, 안은 소나무인 표리부동表裏不同한 존재가 되었단다. 그렇게 300여 년 어정쩡한 몸으로 옴짝달싹하지 못하고 붙박이가 된 것이다.

분명 백설 같은 깃털을 가진 학이 아니다. 사시사철 초록 옷을 즐겨 입는 소나무일 뿐이다. 소나무는 밤낮으로 그렇게 외쳤을 것이다. 하지만 들어주는 사람 하나 없었다고 한다. 사람들은 다른 존재들의 아픔엔 결코 귀를 열지 않는다. 자신들이 염원하는 대로만 들으려고 한다. 그저 수명이나 한 오백 년 더 주겠다고 하면 굳게 닫힌 귀를 당나귀 귀처럼 활짝 열겠지.

소나무는 오랜만에 기다리던 옛친구를 만난 듯 조곤조곤 이른다. 자신의 진정한 정체를 모르겠다고. 외양은 언제부터인지 이름 모를 장인匠人에 의해서 조금씩 낯설어졌고, 부모에게 받은 유전자와 상관없는 학이 되어 갔단다. 그러니 하늘을 향해 뻗어 오르던 꿈과 기백도 접어야 했으리라. 그뿐 아니다. 그의 몸뚱이는 예리한 연장으로 잘리고 묶이고 비틀리는 온갖 고문을 끊임없이 당했다니. 그때마다 간수처럼 짠 눈물은 명치끝에 차올랐고, 그러면서 소나무라는 그의 정체는 습자지 아래 글자처럼 희미해졌을 것이다.

만물은 끊임없이 변하는데 그는 오직 장인匠人의 손바닥 안에서 크기도 모양도 오직 장인이 원하는 한 마리 학으로만 존재했다. 소나무는 어쩌면 이 자리에서 생명을 마감해야 할지도 모른다. 이런 소나무의 마음은 아랑곳하지 않는 비정한 사람들이 야속하단다.

소나무 앞에 서는 사람마다 하얀 깃털이 아닌 솔잎을 달고 있는 이상한 학에게 얼이 빠져간다. 소나무를 손질하는 장인은 사람의 얼을 빼는 마력까지 그에게 불어넣어 주는 것 같다. 학이 아니고 소나무라고 오랜 세월 두견처럼 울부짖었을 소나무다. 침묵의 말을 알아듣는 사람이 지혜롭다고 하는데, 그 많은 인간 중에 지혜로운 자가 단 하나도 없단 말인가. 이런 소나무의 아픈 과거를 사람들은 알까?

이어지는 소나무의 꿈 이야기이다. 외치다가 깜빡 선잠이 든 꿈속에서였단다. 소나무는 정말 학이 되어 창공을 날고 있더란다. 온몸엔 바늘 같은 솔잎을 총총 꽂은 채로다. 소나무 학은 날아서 태평양도 건너보고, 동해도 건넜단다. 이웃 나라 한국의 설악산 한계령의 멋진 선비 같은 홍송 위에서 날개를 사뿐히 접기도 했단다. 그리고 학이 되면 가고 싶은 곳 어디나 날아갈 수 있다는 것을 꿈속에서 알게 되었다고 한다.

그렇다. 소나무일 때 그는 제아무리 독야청청할지라도 한 발짝도 앞뒤로 나설 수 없었는데… '그럼 내가 이제라도 생각을 접고 학으로 살아가는 것이 더 나을까?' 약아빠진 저울질을 하다가 꿈에서 아쉽게도 깨어버렸단다. 사람이나 소나무나 잠을 잘 때 꾸는 꿈은 이루기 위해서 있는 게 아니라, 깨기 위해서 있는 것 같다.

쓰루 소나무 바로 이웃에는 기념식수 소나무가 있다. 학소나무는 그녀가 초대를 해도 마음과는 다르게 마실 한 번 가지 못했다고 한다. 오지도 가지도 못하기는 그녀도 쓰루도 마찬가지다. 그녀는 영국 왕 에드워드 8세가 황태자 시절에 일본에 와서 손수 심어주었다고 자랑이 흐드러진다. 직접 곁에 가보지는 못했지만, 아무러면 고고한 학인 자신보다 더 예쁠 리 없다고. 아마도 한 수 아래일 것이라고 장담한다. 묶여있는 처지에 쓰루(학)의 자존감은 하늘에 닿을 듯하다. 학의 기다란 목에 깁스라도 한 것일까?

그렇지만 이제는 더 이상 학이 되고 싶지 않단다. 그 영광이 아무리 좋다고 해도 그저 소나무로 안분지족하겠단다. 그러니 제발 소나무로 살아가게 그냥 놓아주면 좋겠다고 한다. 팔을 위로 옆으로 아래로 쭉쭉 뻗어보고 싶단다. 나지막한 봉우리에 등을 대고 옹기종기 모여 앉은 형제들 곁으로 돌아가고 싶단다. 수많은 카메라 불빛도 넌덜머리 난다며. 오직 자신들의 입맛에 맞추기 위해서 한갓 소나무의 자유를 옴시레기 빼앗아버린 인간들의 몰염치가 싫은 것이다. 사람들의 발길이 닿지 않는 고향 숲에서 그저 소금 알갱이를 흩뿌린 듯한 별들을 우러르며 쉬고 싶을 뿐이란다.

어쩌면 지금의 소나무 형상은 그 키의 수십 배가 되는 발부리가 오히려 소나무를 얽어매고 있는지도 모르겠다. '학'이라는 명성에 눈이 멀어버린 소나무 안의 또 다른 학. 그것이 삼 겹 동아줄이 되어 소나무의 발목을 칭칭 잡아맨 것이다.

'인제 그만 내 육신에 전족纏足을 멈추어다오.' 천 년, 학의 수명이 다할 때까지. 창살 없는 리쓰린 공원에서 울려 퍼지는 쓰루(학)의 처절한 비명이 귓전에 차지게 달라붙는다.

제2부

굿모닝 몬스테라

나의 머그컵

펑퍼짐한 몸통에 달랑 귀 하나 입 하나뿐이다. 그 몸으로 엄마처럼 등을 토닥여주기도 한다. 대추나무에 걸린 연실 같던 마음이 그 곁에 앉으면 가지런해진다.

커피 콩알 세 개가 그려진 투박한 도자기 컵이다. 우리 주방에서 한 가족이 된 지 일곱 해째다. 밑면에는 그 유명한 행남자기라는 명패도 없다. 만든 이의 간단한 이니셜도 없다. 누군가의 흔적이 전혀 없는 맨바닥이다. 휑하다. 얼굴도 거의 꾸미지 않았다, 로션 하나로 밀고 나갔던 내 젊은 날처럼. 유명세 같은 것에는 전혀 관심이 없는 도공의 담박함이 배어난다.

자신의 이름을 드러내기 위해서 남의 공로를 가로채는 짓도 서슴지 않는 요즘 세태다. 그들은 자기 두레박의 도량도 모른 채 그저 썩은 낙하산 줄만 거머쥔다. 두레박은 결국 금이 가거나 파삭 깨지기도 한다. 욕망도 삼독(三毒: 성냄, 무지, 욕망) 중에 든다고 했는데, 그들은 철가면이라도 썼을까. 들이대는 기자들의 카메라 앞에서 극구 아니라 며 손사래친다.

피와 땀과 눈물로 이루는 내공도 없이 분에 넘치는 자리만 탐하는 사람이 많은 것 같다. 그래서 이름도 없이 빛도 없이 머그컵을 구워 낸 도공이 더욱 신선하다. 그런데 컵에서 그의 의지가 단호하게 드러 난 곳이 딱 한 곳 있다. '여기에는 물도 쥬스도 아닌 꼭 커피만을 담 아야 한다.'라는 듯, 커피콩 그림 곁에 'COFFEE'라는 알파벳이 굵직 한 고딕체로 도드라져 있다. 이 또한 순수한 도공답다. 실제로 커피 를 이 컵에 담으면 커피 향이 다른 컵보다 훨씬 좋다.

머그컵은 흡사 수더분한 강원도의 아낙네 같다. 생김새가 참 수더 분하고 단순하다. 오로지 몸과 입과 귀 하나가 전부다. 둥근 몸통은 늦가을 가랑잎 색이고, 입은 이태리 성악가 루치아노 파바로티의 입 처럼 크고 둥글다. 입 가장자리는 커피콩과 같은 색으로 굵직한 선을 둘렀다. 마치 함평 흑염소 목장의 나지막한 울타리 같다. 하나뿐인 귀는 송광사 대웅전 부처님 귀처럼 도톰하고 몸에 비해 유난히 크다. 아마도 나의 속말을 촘촘하게 잘 들어주기 위해서인 듯하다.

각다분한 일상 속에서 마음이 심란할 때가 더러 있다. 그럴 때면 뜨거운 커피로 채운 컵을 두 손으로 감싼다. 오히려 따끈한 컵이 나 를 감싼 듯, 엄마 품 같다. 엄마의 무명 적삼에서 배어나던 보리 누 룽지 냄새도 난다. 그 구수한 냄새가 커피 향 속에 끼어서 60여 년의 세월을 훌쩍 건너온다. 컵에 대고 코를 한참 벌름거리다 보면, 엉킨 마음 가닥이 친정어머니 베틀의 날실처럼 가지런해진다.

머그컵은 책을 읽을 때나 글을 쓸 때도 어김없이 내 곁에 있다. 아니다. 내가 이 친구 무르팍 곁에 있어야 안심된다. 이 친구에게는 감자를 캐듯 글 꼬투리를 무더기로 캐내는 신통력이 있는 것 같다. 그래서 틈만 나면 무엄하게도 그 신통력에 접신接神을 시도한다. 눈을 감고 머그컵의 투박한 정령精靈을 따라 오솔길을 걷는다. 배추꽃밭의 나비떼 같은 단어들이 하나씩 날아오른다. 다시 눈을 뜨고 뜰채로 건져보지만, 늦깎이에게 완전한 접신은 무리일까? 도사리 같은 파지만 수북하다.

이름 모를 도공이 정성 들여 컵의 몸에 그려 넣었을 커피 콩알이다. 콩알의 가운데 맥이 도공의 꽉 다문 입술처럼 긴장감을 준다. 도공의 숨결이 느껴지는 커피콩은 말레이시아 커피 농장에서 갓 따온 듯하다. 금방이라도 컵에서 또르르 굴러떨어질 것 같다. 그 커피콩의 향은 지금 컵 안에 담겨 있는 뜨거운 커피보다 더 진하다. 그뿐 아니다. 온갖 시름으로 굳게 닫혔던 마음 문을 빼꼼히 열면, 바다 같은 농장의 커피나무숲을 흔들고 달려오는 바람소리가 들린다. 이 바람 속에는 신선한 커피 향이 배어 있다. 콩 따는 까만 아낙네의 이를 드러낸 찔레꽃 같은 얼굴도 들어 있다. 여인의 이마에 맺힌 땀방울 구르는 소리까지.

남새밭에 나가면 마음이 차분해지듯이, 이 컵을 들고 앉으면 마음 뜰이 싸리비질 해놓은 마당이 된다. 이 마당에 맷방석이라도 한 장 깔면 신선이 따로 없을 것 같다. 속을 다 비워주면서도 아까워하지 않는다. 마지막 남은 커피 한 방울까지 더 주지 못해 안달이다. 그런데도 나는 홀쭉해진 컵을 자꾸 들여다본다. 누룽지 한 숟갈 담겨 있는 엄마 밥그릇 시울을 넘보던 흉년의 아이처럼. 엄마는 그때마다 '나는 아까 많이 먹었다.' 하며 한 술 누룽지까지 내 밥그릇에 덜어주곤 했다.

컵에 커피가 바닥을 드러낼 때쯤이면 수만 리 먼 곳에 있던 수필의 꼭지가 장독 뒤에 숨은 고양이 꼬리만큼 보일 때가 있다. 머그컵은 그 꼬리를 놓치지 말고 고삐를 바짝 조이라고 한다. 설익은 글쟁이, 손에 땀을 쥐고 꼬리가 아닌 몸통을 좀 달라고 밤이 맞도록 엎치락뒤치락 매달린다. 야곱이 얍복강 나루에서 천사에게 축복해달라고 날이 새도록 씨름했듯이.

꼬리를 지나서 뒷다리 허벅지를 잡을 때쯤이면, 초록 바람 같은 글 몇 가닥이 손끝에 감긴다. 놓칠세라 키보드 위를 내쳐 달린다. 성급한 머그컵도 옆에서 함께 뛴다. 무한한 동지애로 뭉치는 순간이다.

쌀을 씻어 밥솥에 안칠 때부터 선반에 엎드린 머그컵이 내 눈길을 붙잡는다. 아침 설거지 손끝에 바퀴가 달린 듯하다. 마음은 주방을 떠나 콩밭으로 달려가, 수더분한 유혹에 여지없이 잡히고 만 것이다. 이런 날엔 머그컵과 함께 쭉정이 같은 글 타작이나 오지게 하고 싶다. 머그컵은 내 단짝이다.

명태 살려!

꽃샘바람이 분다. 운명의 신이 나를 시샘이라도 한 것일까?

죽어서도 감지 못한 똘망똘망한 내 눈. 그 속에는 오호츠크해의 끝 모를 수평선이 빗금처럼 그어져 있다. 까치 파도에 부대끼는 수평선 위로 주먹만 한 별들이 밤마실을 내려왔고, 나는 세상모르고 그 별들과 밤드리 노닐었다.

매초롬한 몸매로 파도 속을 유영하던 날이다. 촘촘한 그물이 느닷없이 내려왔고, 검푸른 바다를 붕새의 날개처럼 에워쌌다. 그때는 검은 바다의 물주름도 숨을 죽였다. 출구가 빤히 보이지만 한 걸음도 나갈 수 없는 미로였다. 갖가지 편법에 능숙한 인간들은 이럴 때도 미꾸라지처럼 잘 빠져나갈 텐데, 마음속에서만 수백 겹의 물마루가 굽이쳤다. 나에게는 그런 재주가 겨자씨만큼도 없다. 내 탓일까, 조상 탓일까?

그 후, 몸 채비할 틈도 없이 집채만 한 냉동고 속에 안치되었다.

'자의 반 타의 반'도 아닌 온전히 타의에 의해서다. 뱀이라도 기어가는 듯 선뜩한 기운이 등줄기를 훑었다. 감을 잡을 수 없는 우주 같은 냉동고 안이다. 몸 거죽이 얼기 시작하면서 나의 일생이 흔들리고 있는 것을 알았다. 맨살에 엉긴 추위가 뼛속까지 톱날처럼 파고들었다. 이런데도 인간들은 자연을 보호한단다. 위선이다.

'명태 살려!' 불을 먹은듯한 비명은 오호츠크해 해빙선 밑의 얼음덩이처럼 입안에서만 떠다녔다. 그 순간은 땅거미 같은 절망으로 한 치 앞도 보이지 않았다. 체념과 상실감이 드잡이하던 뇌 속이 하얗게 비어버렸다. 드넓은 바다에서 키워오던 붕정만리鵬程萬里의 꿈은 한순간에 재가 된 것이다.

그런데 신기한 일이 벌어졌다. '기왕 이렇게 된 바에 동안거에 든 선승이 되어보리라.'라는 다짐이다. 그 순간, 시시각각 마비되어가는 나의 몸 구석구석을 또 다른 내가 빤히 내려다보고 있는 것 아닌가, 아주 편안하게도. 굳어가는 육체의 고샅에서 오감五感이란 다섯 아이가 들락날락 숨바꼭질했다.

미끈하던 몸뚱아리는 머리부터 꼬리까지 서서히 깃을 세운다. 등과 배와 꼬리에 돋아 있는 지느러미 하나도 내 몸이 아니다. 세포 틈새마다 스며드는 차가운 공기에 내장까지 모두 얼어붙는다. 숨이 무한정 내 것인 줄만 알았는데, 그것을 주신 이가 도로 앗아가려 한다. 끝내는 생각의 덩어리인 푼더분한 머리통까지 의식이 희미해진다. 아가미 밑을 쉬지 않고 드나들던 숨이 서서히 멎는다. 산사를 떠나서 험산 준령을 타는 종소리의 맥놀이처럼.

바다에선 해초 이파리 하나의 몸짓에도 촉각을 세우던 나였다. 그러던 몸피가 오감을 잃어버리고 장작개비가 되었다. 활활 타는 아궁이에 넣으면 금방이라도 불길이 옮겨붙을 것 같았다. 그런데도 그믐날 밤 별들처럼 정신은 더욱 말짱해졌다. 말간 영혼은 누에실 같은 숨이 끊어져 가는 내 안을 들여다본다. 해탈解脫의 경지에 든다는 게 이런 상태일까? 이대로 면벽 수도하여 성불成佛할 수 있다면….

그뿐이 아니다. 바닷속을 유영할 때 귀담아들었던 나에 대한 동화 같은 이야기가 또렷이 떠오른다. 내 이름은 원래 동태가 아니고 명태였다. 함경도 명천군에 사는 '태'씨라는 어부가 잡아서 관찰사의 밥상에 처음 올렸다. 그때까지는 이름도 없는 천덕꾸러기였던 것이다. 나리님께서 이름 없는 물고기의 시원하고 칼칼한 국물맛에 푹 빠져버렸다. 그리고 그는 명천군이라는 지명과 어부의 성씨를 버무려서 '명태'라는 멋진 이름을 하사했다.

자연 만물은 끊임없이 변한다. 그리고 변화에는 감당키 힘든 나름의 고통이 따른다. 나라고 여전할 수 있을까. 명태가 동태로 변하던 아픔이라니. 유대인의 가스실 같은 냉동고에 갇혀서 명태는 듣도 보도 못한 '동태'라는 이름이 되었다. 일제치하의 한민족처럼, 수많은 나의 선조들이 낯선 이름으로 개명당할 때 마음이 얼마나 고통스러웠을까. 그런데 억누를수록 솟구치고, 밟아 썩히면 발효하는 것이 자연의 섭리인 것을 어쩌랴.

여수항 수산물 공판장에 동태 상자가 포갬포갬 산더미처럼 쌓여 있다. 하늘에 닿을 듯하다. 동태라는 이름의 인기는 세월을 넘어 사시사철 사그라지지 않았다. 당랑거철螳螂拒轍, 두 뼘 안팎의 얼어붙은 내 키가 그 산더미인 양 우쭐해진다. 윤똑똑이다.

60여 년 전, 함평 문장 장터 말미에 화투짝 같은 간판을 내건 어물전 앞이었다. 동태 짚 꾸러미 하나를 손가락마디가 생강 같은 손에 쥐려고 장꾼들이 줄을 섰다. 그날 금곡마을 초가마다 저녁이 풍성했다. 칠이 벗겨지고 흠집이 많은 두레상은 호롱불빛으로 불콰했고, 둘러앉은 일곱 식구의 숟가락은 시원한 국물로 남실거렸다. 장작개비 같던 나의 또 다른 변신으로 이루어진 보시였다. 그 순간이 바로 영장인 인간과 하나 되어 대지에 스며드는 귀소歸巢의 시각이 아닐까.

하나뿐인 내 몸을 인간들에게 통째로 주어버린 뒤의 이 풍요를 저들은 알까? 주검까지도 갖지 않을 때 비로소 온 세상을 갖게되는 이 평화를….

그저 안분지족할 뿐이다, 동태라는 이름 외에 더 무엇을 바라랴.

걸레

　걸레는 용광로 같은 빨래 솥에서 온몸을 뒤튼다. 견디다 못해 솟구치는 물마루 끝으로 성큼 올라선다. 거기도 발끝이 익을 만큼 뜨겁기는 매한가지인가보다. 이내 물속으로 고꾸라진다.

　한때는 뽀송한 러닝셔츠라는 이름으로 남편의 웃통을 감돌며 사랑받던 아이들이다. 남편이 텃밭 일을 할 때면 온통 땀범벅이 되어 함께했다. 백두대간 길에서도 그의 등줄기에 흐르는 땀을 다 받아주었다. 세탁을 마친 러닝은 깔밋한 서랍장에 기거했다. 남부럽잖은 일상이었다.

　러닝셔츠의 청춘도 아침이슬 같은가. 어느새 풀기 없는 노년을 맞이했다. 남편에게 버림받은 러닝셔츠는 걸레라는 이름으로 또 다른 한 생을 살아가는 중이다. 그저 낮은 데로 흐르는 물 같은 삶이다. 거처도 보송한 서랍장이 아니라 마루 끝에 놓인 걸레 바구니로 바뀌었다. 그 쓰임새도 한 남자에게 한정되지 않고, 누구든지 필요로 하면 언제, 어디든지 달려간다.

진공청소기로 밀어도 걸레질하지 않으면 꺼림칙하다. 구석에 불청객으로 은근슬쩍 틀어박힌 먼지들이 채석강처럼 층을 이룬다. 그들은 손걸레가 아니면 텃밭의 바랭이처럼 이겨낼 재간이 없다. 그래서 늘 걸레를 들고 요새要塞 같은 틈새에 죽창처럼 대항한다. 틈새를 장악하는 데는 손걸레만 한 무기가 없다.

남편은 반주로 마시는 막걸리 사발을 8부 정도만 채우면 될 것을, 왜 그리도 시울까지 남실남실 부어대는지. 식탁 아래까지 넘쳐서 바닥이 방방할 때가 있다. 그때도 손걸레는 달려와서 바닥에 흥건한 막걸리를 온몸으로 마셔버린다.

적당히 취한 남편의 얼굴은 불콰해지고, 걸레는 몸뚱이가 누리끼리한 막걸리색 물이 들도록 만취했다. '에라 모르겠다.' 비틀거리는 몸을 마당 수돗가에 뉘어버린 걸레다. 나는 이순이 넘도록 한 방울도 마시지 못한 술이다. 온몸으로 질펀하게 마셔버리는 걸레의 용기가 부럽다.

걸레 쪼가리 틈에서 어릴 적의 흑백사진 한 장이 얼굴을 내민다. 술에 젖은 걸레는 60여 년 전, 함평 금곡 동네 초입 주막의 남희 엄마 같다. 그녀는 유일한 피붙이인 일곱 살 된 남희와 단둘이 살았다. 그런데 늘 해 질 녘이면 그녀의 작달막한 몸이 문어처럼 흐물흐물해졌다. 노을빛이 짙게 든 얼굴로 앞산 비내봉을 넋 나간 듯 바라보았다. 그러다가 흥얼거리며 남희를 감싸 안고 서럽게 울기도 했다. 송아지 눈 같은 남희의 눈에서도 진주 같은 눈물이 쏟아지고, 시울을 넘은 눈물은 볼 위에 신작로 같은 길을 내곤 했다.

곤드레가 되어 샘 바닥에 널브러진 걸레에 찬물을 퍼붓는다. 수없이 치대고 헹군 끝에 정신을 차리고 멋쩍은 듯 다시 공손한 걸레가 된다. 그리고 마루 끝에 엎드려 누군가가 또 불러주기를 기다린다. '사람이 실수했는데, 속을 훑어내는 고생은 네가 다 했구나.' 요즘 이와 흡사한 일들이 매스컴을 자주 탄다. 높지막한 직함을 가진 자들, 일이 잘못되면 책임질 사람은 온데간데없다. 기획하고 진두지휘한 이들의 몫일 텐데도, 애먼 아랫사람이 곤욕을 당한다. 세상에서 가장 이성적이라는 법의 굴레가 장님이라도 되었을까. 정작 상사의 튼실한 목이 아니라 힘없는 아랫사람의 목만 조여댄다. 견디다 못해서 식솔 딸린 가장이 옷을 벗는가 하면 극단적인 선택을 하기도 한다. 도마뱀 같은 상사는 부하직원이 그 지경 되어도 오히려 그 뒤에 숨어서, 제 꼬리를 싹둑 잘라 버린다.

오래전에 옆집에 주사酒邪가 심하던 사십 대 중반의 아저씨가 살았다. 밤늦은 퇴근길에 엘리베이터에서부터 그의 아내에게 질질 끌려 들어갈 때가 많았다. 그런데 어찌 된 일인지, 다음 날 아침에는 끌려 들어 가던 현관문을 열고 멀쩡하게 걸어 나왔다. 물빛 넥타이 정장까지 하고, 옥수수알처럼 가지런한 이를 드러내며 인사도 잘했다. 그의 아내는 하룻밤 사이에 무슨 수로 그 남자의 뼛속까지 스며든 술기를 다 빼내고 번지르르 광까지 냈는지. 혹시 밤새 빨래 솥에 표백제와 함께 푹푹 삶기라도 했을까? 그녀는 그를 뽀송한 신사로 감쪽같이 재생시켜 놓았다. 전사 같다. 하지만 치열한 사냥터로 의기양양하게 출전하는 전사의 뒷모습은 늘 짠했다.

손주들이 놀이에 팔려서 화장실을 미처 못 가고 쉬를 벌벌 싸버릴 때가 있다. 그럴 때도 걸레는 엎었다 뒤집었다 하며 속 몸까지 아낌없이 바친다. 온갖 오물을 받아내면서도, '왜 나만 늘 구중중해야 하느냐.' 하고 입을 퉁퉁 내밀지도 않는다. 걸레는 분명 성자聖者다.

어느 날, 법륜 스님의 강연 동영상을 시청한 적이 있다. 「괴롭지 않은 삶」이라는 법문이었다. '주어진 조건이 비록 고통스럽더라도 좋게 생각하는 긍정적인 사고를 가지라.'라는 내용도 좋았지만, 스님의 온화한 얼굴에서 번지는 포근함이 햇솜 같았다. 강연을 듣는 이와 전하는 이의 얼굴에 염화미소拈華微笑가 새벽 이내처럼 피었다.

걸레는 불못 같은 빨래 솥에서 오체투지로 삼천 배를 올린다. "모두 네 죄가 아닌 내 죄인 것을…." 삶아낸 해말간 걸레에서 찔레꽃 같은 향기가 법문法文처럼 번진다. 하안거를 갓 마친 선승禪僧을 뵙는다.

고목이 전하는 말

초록 이끼가 숨 그친 몸통 위에 오보록하다. 죽었다고 하나 마음자리가 산 자보다 더 넓어서 우주가 들어앉았다.

개미떼가 이끼 덮인 동네 고샅을 요리조리 들락거린다. 사이좋은 오뉘처럼 너도 먹고 나도 먹고. 쓰러진 둥치는 옆에 서 있는 무성한 참나무보다 더 우람하다. 인심 좋은 이 고목에 곤줄박이도 찾아와 둥지를 틀 것 같다. 쓸모없는 고목이 아니다. 한 아름은 실히 될 것 같다. 윗부분은 삭아지고 없다. 아래 뿌리도 없다. 사지를 다 잃어버리고 가운데 둥치만 남아 있다. 퍼석한 껍질이 바스러지는 속살을 겨우 감싸고 있다. 쏟아질 것 같은 속살이 아슬아슬하다. 몸통 끝에는 고라니라도 깃들었는지 커다란 구멍이 뚫려있다. 휑하다. 그 틈새로 삐져나온 살 부스러기가 세월의 두께를 말해주듯 수북하다.

강원도 동해시에 있는 두타산 자락을 오른다. 무릉계곡 물소리가 발끝마다 쇄쇄 밟힌다. 가을 계곡의 공기는 차고 맑아서 몽몽하던 머릿

속에 박하잎을 뿌린 듯 상쾌하다. 무릉도원의 관우, 장비, 유비의 호탕한 음성이 계곡을 타고 퍼지는 듯하다. 물소리는 숲 밖에서의 착잡하던 마음을 무념무상 속으로 서서히 끌어들인다. 길은 계곡을 따라 낭창하게 휘어지다가 정상을 향해 가파르게 이어진다. 다시 계곡 옆으로 툭 떨어져 엿가락처럼 늘어지기도 한다. 포기하지 않고 걷다 보면 정상에 다다르겠지. 흡사 내가 걸어온 60여 년의 노정路程 같다.

걷든지 멈추든지 흔들리는 두 다리에 길을 맡기고 어름사니가 되어 새끼줄 같은 산길을 탄다. 꼬불꼬불한 길옆의 단풍 고운 참나무들 사이에 아름드리 고목 한 토막이 오체투지로 엎드려 있다. 골이 지고 우둘투둘한 나무껍질이 가을볕을 받아서 뭉근하다. 그 껍질은 퍼석한 살점들을 겨우 붙들고 있다. 실바람만 불어도 부서질 것 같다. 고목을 가만히 밀어본다. 코끼리만 한 둥치가 생각보다 쉽게 밀린다. '이 자리 또한 내 것이 아니다.'라고 하듯이. 새로 지은 자그마한 단독주택이 영원히 내 것인 양 이름표를 붙여서 용인시청에 등록까지 해둔 어리석은 욕심을 무엇이라 변명할까….

풀기 없는 둥치 위에 담쟁이 넝쿨 두 줄기가 아무 물정 모르고 기어오르고 있다. 흡사 전쟁영화에서 보았던 어느 아이 같다. 그 아이는 피난 중 기아飢餓에 쓰러진 어미의 싸늘한 젖가슴을 빨고 있었다. 나무둥치는 죽은 게 아니다. 숨을 거둔 그 품에서 많은 생명들이 또 숨을 쉰다. 죽어서도 다른 이웃들에게 더 주려고 쉬이 무無화되지 못한다. 눈비를 온몸으로 받아내며 살아 있는 것들의 밥이 되고 거처가 되어준다. 썩어가는 나무둥치와 미물들이 창조에 동참하며 지구촌이라는 푸른 동네를 만들어간다. 그래서 윤오영 씨는 일찍이 "수명에는 한계가 있으나 생명에는 한계가 없다."라고 간파했을까?

사람은 숨쉬는 동안 끝없는 에고의 바벨탑을 쌓아간다. 탑의 꼭짓점만 바라볼 뿐, 생의 소실점에는 관심이 없다. 소실점은 매 순간 나를 향해 황소처럼 느리게, 또는 살쾡이처럼 잽싸게 달려오는데도. 그 끝점을 향해 마치 급발진한 자동차처럼 내달아 온 것 아닐까? 아찔한 일이다. 이순 중반을 넘은 이쯤에서 가끔 브레이크를 밟고 돌아봐야 할 것 같다. 잠시 숨을 돌리고, 길바닥에 줄줄 흘러버린 정신(얼)을 챙겨 봐야 할 때가 아닌가 싶다.

참나무는 푸르던 몸의 형과 색을 온전히 달리했다. 지금 내 앞에 엎드린 둥치는 손만 대어도 파편이 부슬부슬 떨어진다. 부스러기들은 불속에 들면 소리도 없이 타버릴 것 같다. 정월 보름날 어머니가 둥근 달을 향해 합장하며 사르던 한지처럼. 이런 몸의 어디에 그토록 짱짱한 가지들을 달고 있었을까. 노을빛 들이치는 가지 사이의 새 둥지에선 온갖 새들이 노래를 불렀을 것이다. 총총한 이파리가 만든 명석 같은 그늘에선 다람쥐들이 다리쉼을 했을 것이고. 비가 오나 눈이 오나 하늘을 향해 우러르던 수많은 가지들, 그 기도의 몸짓은 모두 하늘이 거두어 갔을까.

고목 옆에 미끈한 참나무 한 그루가 서 있다. 그 자태가 사뭇 귀부인 같다. 구름 같은 머릿결 위에 재두루미 한 마리가 다리 하나로 서 있다. 물음표 같은 목을 갸우뚱하고 닿을 수 없는 하늘을 향해 천리天理라도 읽고 있을까? 이 고목도 쓰러지기 전에는 철 따라 옷을 바꿔 입으며 온 산천에 옷맵시를 자랑했겠지. 연둣빛 너울로, 진초록 치맛자락으로, 그리고 화사한 단풍과 가지마다 소복하게 덮인 눈옷으로. 이렇듯 산천 귀부인도 네 벌 옷이면 족한데, 시방 내 옷장에는 버리지 못한 여벌 옷들이 너무 빽빽하니….

참나무의 들숨은 땅속의 깊은 뿌리에 젖줄처럼 닿고, 날숨은 두타산 능선을 따라 멀리멀리 일렁였으리라. 사천왕 같은 몸을 부려버린 후에는 어미 개가 상처 입은 강아지를 핥아주듯이, 가을비는 세월에 멍든 나무껍질을 자분자분 어루만졌을 것이다. 또 골짜기를 흐르는 훈풍은 밤낮으로 쓰러진 나무 위를 서성였으리라.

죽은 나무둥치가 솔숲을 흔들며 바람 같은 한숨을 토한다. 그리고는 퍼석한 등을 돌리고 내게 조곤조곤 이른다. '한 줌 흙으로 돌아갈 그 날에 만물이 한 조각인들 어찌 네 것이냐?'라며. 해바라기씨처럼 촘촘한 삶보다는 삼베처럼 얼멍얼멍하게 살아보라고 한다. 그것이 소요유逍遙遊적 삶이 아니겠느냐고.

굿모닝 몬스테라

그녀의 까무잡잡한 얼굴에는 항상 해당화 같은 낯꽃이 피어있다. 앙바틈한 그녀에게선 무성한 몬스테라처럼 늘 푸른내가 난다.

밋밋하던 거실이 그득하다. 코로나19에게 본업을 빼앗기고, 관엽식물의 세계로 전업한 둘째 사위 조 서방이 안아다 놓은 몬스테라다. 성격이 수더분하여 기르는데 별로 까탈스럽지 않을 거라며 화분 둘을 자매처럼 나란히 앉혀준다. 키가 1미터를 훌쩍 넘고 덩치도 제법 큰 아이들이 조 서방을 꼭 닮았다. 첫눈에 끌려서 반려식물로 흔쾌히 입양했다.

거실창 앞에서 뭉근한 햇볕이 흡족한 듯 간간이 새잎도 말아 올린다. 올라오는 새순이 흡사 내가 10대 때 친구들과 주고받던 쪽지편지 같다. 연둣빛으로 돌돌 말린 순진무구純眞無垢한 편지를 눈으로 매만지며 시도 때도 없이 그 곁을 맴돈다. 연둣빛 편지 속에는 어떤 깨소금 같은 말들이 담겨 있을까.

평소에 화초를 지지리도 키우지 못하는 나다. 화원에서는 꽃이 소담스럽게 피어있던 철쭉도 우리집에 갖다 놓으면, 꽃도 몸체도 시름시름 앓다가 한 달을 버티지 못했다. 하지만 이 아이들은 까탈스럽지 않다는 사위의 말에 키워볼 엄두를 냈다. 널따란 잎이 도톰하고 칼에 베인 듯하다. 자상刺傷 같은 길쭉한 구멍들이 숭숭 뚫려 있다. 삼국지에 등장하는 무사武士들의 얼굴에 그어진 칼자국 같다. 이 흔적 속에는 무슨 비밀이 숨어있을까?

이 아이들은 열대 아메리카가 고향이란다. 그래서 열대우림의 강한 폭우를 견뎌내기 위해서 스스로 만든 구멍이라고 한다. 토란잎처럼 빗방울이 아까워서 버리지 못하고, 동글동글 말아서 줄기가 휘도록 죄다 안고 있는 게 아니다. 숭숭 뚫린 구멍으로 빗줄기를 받는 족족 내려보낸다. 쟁여두었다 또 먹으려는 식탐이 전혀 없다. 그저 버리는 게 잘사는 길임을 깨우친 몬스테라다. 그런 무소유적 성품 때문에 기후와 토양이 전혀 다른 이국땅에서도 잘 자라는지 모르겠다. 늘 부족한 것만 헤아리는 내 곁에 두고 스승으로 삼아야 할 것 같다.

몬스테라는 흡사 수원 파장시장 어물전 청해수산 아줌마 같다. 필리핀 출신인 그녀는 스무 살 차이 나는 어물전 홀아비 사장님과 결혼했다. 고등어처럼 포동포동한 그녀는 시원시원하고 장사도 짬지게 잘한다. 그녀가 온 후부터 가게는 손님들로 북적인다. 그녀는 까탈스럽지 않은 몬스테라 같다. 기후와 문화가 전혀 다른 파장시장 어물전

한복판에서 뿌리를 깊이 내려가고 있다.

　바지런한 몬스테라는 우리집에 온 지 얼마나 됐다고 널찍한 이파리를 석 장씩이나 늘렸다. 안착했다는 편지를 보낸 것이다. 새잎은 먼저 나온 줄기의 옆구리를 뚫고 나온다. 엉겁결에 옆구리를 뚫린 줄기는 산고産故의 비명도 지르지 않는다. 식물이라고 어찌 살을 찢는 아픔이 없을까만, 고통을 소리 없이 안으로 꾹꾹 말아 넣었나 보다. 파장시장 어물전의 그녀, 지금은 해당화처럼 웃고 있지만, 그 자리에 서기까지 뜨거운 속울음을 얼마나 울었을까.

　몬스테라는 새순이 머리를 내밀고 나서 일주일쯤 되면 소 갈비뼈 모양의 연둣빛 잎으로 형상을 갖춘다. 라틴어 monstrum(기이하고 이상한)에서 나온 이름이라고 한다. 줄줄이 갈라진 칼자국 같은 구멍 때문이다. 거실 한쪽을 꽉 채운 이 친구는 한겨울인데도 열대우림 속에 든 듯 무성한 잎만 보아도 좋다. 그런데 실내에서 키우면 공기 중의 포름알데히드 같은 화학 성분을 정화해주고 전자파도 차단해준다니 일석이조다. 뜻밖에 큰 횡재를 했다.

　아이들을 처음 보았을 때, 윤기 나는 초록 이파리가 탐스러웠지만 잘 키울 수 있을까 걱정이 앞섰다. 파장시장에서 그 앳된 새댁을 처음 보았을 때도 걱정이 앞섰다. 말도 잘 통하지 않는 언어 장벽과 지천명의 사장님과 세대 차이를 극복하고 잘 살 수 있을까? 오지랖이다. 이 세상에 우연한 인연은 없다는데, 앳된 새댁과 그 사장님의 인연 또한 그렇겠지. 몬스테라와 나의 연도 이미 오래전에 시공간을 뛰어넘어서 예정된 것 아닐까. 열대 아메리카와 대한민국 용인의 작은 산골짜기, 이 애들에게는 지구별에서 우주의 별까지 만큼이나 멀었을 것이다.

"굿모닝, 몬스테라?"

아침에 눈을 뜨면 또랑또랑한 애들 앞에 먼저 선다. 엊그제 새로 펼쳐진 연초록 이파리 끝에 옥구슬 같은 물방울 서넛이 맺혀 있다. 작은 물방울이 솟아오르는 햇살을 받아 무지갯빛으로 눈이 부시다. 금방이라도 은쟁반을 받쳐주면 '딸랑' 소리를 낼 것만 같다. 세상에 무엇이 이렇게 정갈할 수 있을까. 한참 들여다보면 박하 잎을 깨문 듯 머리가 환해진다. 화분 흙에 수분이 많으면 잎을 통해 그렇게 물기를 뱉어내는 것이란다. 참으로 욕심이 없는 애들이다. 나 같으면 배가 터지게 불러도 몸속 깊은 물관부에 철철 넘치도록 담아둘 텐데….

"너는 그 먼 곳에서 어떻게 왔니?"

아이들은 그간에 서툰 돌보미가 편해졌는지 이야기 주머니를 자분자분 풀어놓는다. 고향 열대 아메리카를 떠나온 지는 그들의 부모님 때였단다. 창공을 날아서 아시아 대륙의 끝, 아기 토끼만 한 한국 땅에 도착했고, 파주의 어느 화원으로 실려 갔다. 거기서 농부의 극진한 사랑으로 너무나 다른 토양에 입맛을 길들이며 망향의 슬픔을 잊어갔단다. 어물전 아줌마도 한국에 처음 올 때는 허름한 딸기농장의 인부였단다. 농장주가 묵묵히 일 잘하는 그녀를 친구인 어물전 홀아비 사장에게 다리를 놓아주었고. 사모님이 된 그녀, 괜찮은 신분 상승인 듯하다.

어느 날, 화원 농부는 촘촘하게 돋아난 몬스테라 이파리를 줄기째 잘라냈다. 자른 줄기를 물에 담갔다. 그런데 며칠 후부터 잘린 부위에서 마술처럼 하얀 뿌리가 내렸다. 그것을 화분에 심은 게 지금 이 애들이다. 이들은 줄기를 습벅 잘린 아픔을 삭여가며 또 하나의 몬스테라 가문을 세워가는 중이다. 그러니까 한국 이민 2세인 셈이다. 파장시장 어물전 아줌마도 몽어 같은 딸을 낳아 기르며 이국땅에 뿌리를 잘 내리고 있는 중이다. 비록 種은 다르지만, 생명을 퍼뜨리는 대동소이한 지혜가 놀라울 뿐이다.

한겨울인데도 초록 아이들 자라는 모습이 실시간으로 보인다. 우주의 입김이 느껴진다. 화분 밖까지 성근지게 뻗은 공중 뿌리가 실팍하다. 파장시장 어물전의 매대 사이에서 파닥이는 필리핀 아줌마처럼….

밍크 담요와 더불어

며칠 전, 첫눈이 내리던 날이다. 장롱 속에서 깊은 잠에 빠진 한 친구를 깨운다. 공작 네 마리가 날개를 활짝 펼쳤다. 담요 네 귀퉁이에서 중심을 향해 날아오른다. 그 날개는 43년 세월을 대붕처럼 덮고 있다.

친구의 이름은 밍크처럼 부드러운 털로 온몸을 감쌌다 해서 밍크 담요다. 마흔세 해 전 나와 연이 닿아서 한 지붕 아래 지내는 친구다. 평소엔 장롱 속에서 내처 잠을 잔다. 겨울 한 철만 바쁘다. 그것도 따뜻한 방안에서다. 사철 동동거리는 나에 비하면 상팔자다.

밍크 담요는 1970~1980년대 예비신부들의 혼수 품목으로 다섯 손가락 안에 들었다. 부드러운 감촉과 화사한 색상으로 보는 이의 눈길을 사로잡았다. 유행 따라 나의 단출한 혼수 이불 짐 속에도 한 장 끼어왔다. 와인색 바탕에 공작 네 마리가 화려한 날개를 펼치고, 담요 중앙에는 공작의 꽁지라도 뽑은 듯 짧은 깃털 여덟 개가 하트 모양으로 모여 있다. 크기는 이불만 하고 값도 이불 한 채와 맞먹었다.

결혼을 앞두고, 이불 도매하는 상가에서 담요를 고르는데, 와인색이 눈길을 잡아끌었다. 고우면서도 달뜨지 않고 무게감이 있었다. 마치 과묵한 큰오빠 같은 색감이라고 할까. 그때 느낌으로는 오래 덮어도 빛이 바래지 않을 것 같았다. 어쩌면 신혼생활도 그 빛처럼 바래지 않기를 기원하는 마음이었는지 모르겠다.

그날의 느낌이 적중했는지, 수십 년이 지난 지금도 밍크 담요의 색감은 변하지 않고 있다. 흡사 시들어가는 거죽으로 싸여있는 내 영혼 같다. 나날이 스러져가는 영혼의 불씨 한 낱이라도 붙잡아 보려고 밤마다 자판 위에서 바둥거린다. 그런다고 자연의 순리가 거꾸로 돌아갈 리 없으련만….

밍크 담요는 무당벌레 등딱지만 한 신혼 셋방에서 겨울이면 가장 사랑받는 주인공이었다. 미지근한 연탄 아궁이방 불목을 차지했다. 처마끝에 고드름 맺히는 날이면 아랫목에 펴있는 밍크 담요만 보아도 언 몸이 포근했다. 그 속에 얼굴까지 폭 묻으면 햇솜 구름을 탄 듯했다. 온몸이 훈훈해지며 금방 단잠에 빠지곤 하였다.

그러고 보면 밍크 담요는 단순히 '내 것'이 아니라 나와 동반자 관계가 아닐까. 이국종 교수는 『골든아워』에서 한 사람 생명의 무게는 지구 전체의 무게와 같다고 했다. 어찌 사람의 생명만이 그렇겠는가? 현상 속의 모든 존재의 목숨붙이가 매한가지 아닐까 싶다.

딸들이 태어나면서 그 속에서 고물거렸다. 고만고만한 아이들이 서로 가운데로 들어가겠다며 자리를 다투기도 했다. 그 모습은 마치 어미 닭의 날개 아래 들어있는 병아리 같았다. 병아리는 단풍잎 같은 발을 드러낸 채 어미의 날갯죽지 속 깊이 들어가려고 동료들의 몸을 비벼대곤 했다. 그러던 딸들이 이제는 장성하여 공작이 날개를 펴듯이 모두 세상을 향해 힘차게 날고 있다.

밍크 담요는 세월의 무게만큼 무거워지고 거칠어졌다. 조붓한 서재의 바닥에 펴고 올겨울에도 발을 묻는다. 그토록 보송보송하던 털이 모두 한 방향으로 도미노처럼 쓰러져 있다. 태풍 링링에 누운 뒷산 억새 같은 모습, 부드러운 윤기라고는 없다. 털들이 기진맥진 풀어진 듯하여 반대쪽으로 밀어 세워본다. 하지만 금방 다시 누워버린다. 탄력 없는 내 손등의 살가죽이 밀면 잠시 팽팽했다가 다시 제자리로 돌아가듯 부질없는 일이다.

나와 담요의 함께한 세월은 우리 사이의 경계를 무너뜨렸다. 나는 너를 알고 너는 나를 안다는 게 이런 사이가 아닐까 싶다. '맞아, 그때 그런 일이 있었지.' 내가 까맣게 잊어버린 일까지도 올올이 건져내어 구슬처럼 꿰어준다. 밍크 담요는 누워버린 털의 수만큼이나 많은 이야기를 내포하고 있다.

함박눈 내리는 겨울밤, 우리 부부는 잠든 큰애와 둘째를 가운데에 누이고, 하얀 도화지 위에 사과나무 같은 아이들의 미래를 도란도란 그랬다. 그 시절 우리 가족의 밍크처럼 포근하던 이야기들이 윤기 잃은 밍크 담요 갈피에 다문다문 깃들어있다. 그런가 하면 셋째와 막내가 동시에 수두를 앓을 때, 고열에 뜬눈으로 지새우던 날들도 숨어있다. 셀 수 없이 많은 좋은 일과 궂은일은 씨실과 날실로 직조되었고, 베틀의 도투마리에 감긴 무명 필처럼 43년의 우리 가족사를 고스란히 감아내고 있다.

뻣뻣해진 담요 밑에 다시 발을 묻는다. 담요는 이제 연탄이 아닌 가스보일러 방의 뭉근한 온기를 옴싹 보듬고 있다. 밍크 담요와 나는 또다시 한 철 겨울 속으로 몸을 묻는다. 그리고 긴긴 별밤의 이야기 물꼬를 튼다. 젊은 날의 그때처럼…. 아마도 오늘 밤은 샛별도 궁금해서 밍크 담요 밑으로 시린 발을 들이밀 것 같다.

플라토닉 러브

　홍 선배 문우님의 첫사랑이 국화 무더기 속에서 하얗게 웃고 있다. '여보, 그동안 고마웠소.' 일편단심이던 선배님을 향한 고인의 마지막 인사말이 사각 틀 속에서 꽃보다 향기롭다.

　지난 주말 안양중앙성당의 조촐한 빈소, 입구에 들어서는데 여느 빈소와는 달리 단출했다. 고인의 자녀들의 사회적 지위로 보면 여느 상가 못지않게 화환이 세 겹줄이라도 섰을 것이다. 그런데도 출입구가 환하게 트였다. 번드레한 허식이, 허접스런 허례가 모두 생략된 알찬 빈소였다. 그런 풍경이 오히려 선배님 부부의 품과 격을 더했다.

　머리에 서리가 곱게 내린 반듯한 자녀들의 진중한 모습에서 선배님 부부가 살아오신 흔적이 오롯이 드러나는 듯했다. 손님들의 신발을 정리하는 손주들에게서도 예절이 체화된 모습을 볼 수 있었다. 다른 상가에서 보기 드문, 평범하면서도 예사스럽지 않은 장례식장 분위기였다.

며칠 전, 다녀온 어느 상가에서였다. 그댁의 빈소는 입구부터 사람의 키를 웃도는 화환으로 겹겹이 줄지어 서 있었다. 문상객이 들어설 곳은 멀대 같은 화환에 치여서 비좁을 정도였다. 고인 자손들의 사회적 위치라도 과시하듯, 리본에 쓴 대문짝만한 미문未聞의 이름과 직함들이 즐비했다. 그 직함들은 문상객을 상주보다 먼저 맞이했다. 정중하게 문상객을 맞이하는 상주의 모습은 오히려 화환 숲에 가려서 보이지 않았다. '자식 농사 참 잘 지었구나.' 하며 부러워하는 사람도 간간이 있기는 했다. 그러나 산 자들의 허례에 고인은 얼마나 흡족해할까.

선배님 첫사랑의 영정 앞에 수북이 놓인 국화송이에 어릴 적에 구경하던 꽃상여가 떠오른다. 봄볕이 늘어지던 그날, 빨강 노랑 파란 종이꽃이 만발한 꽃상여는 고인의 발자국이 찍혀있는 함평 고향마을 고샅길을 구석구석 돌며 하직인사를 했다. 그리고는 동네 앞 당산나무 아래에 다소곳이 앉아 다리쉼을 하고 있었다. 고인의 생전에 자고 새면 얼굴을 마주하던 온 동네 남녀노소가 당산나무 아래로 나왔다. 그리고 먼길 떠나는 고인을 공손하게 배웅했다. 어떤 이는 노젯상에 눈물처럼 말간 소주 한 잔 올리며, 엎드려 서럽게 한 판 울기도 했다. 온 동네 사람들은 고인이 생전에 베풀었던 선행을 되새기며 정이 짙은 눈물을 부주했다.

한참 동안 석별의 정을 나눈 꽃상여는 싫은 듯 포기한 듯, 상두꾼의 어깨에 얹혀서 마을을 뒤로했다. 다시는 돌아올 수 없는 언덕길을 춘궁기 봄 햇살처럼 느리게 넘었다.

"어, 어누, 어누야!"

"이제 가면 언제 오나."

"어, 어누, 어누야!"

"북망산천 그곳이 몇만 리던가!"

"어, 어누, 어누야!"

상두꾼의 슬픈 만가로, 남겨진 자들의 마음은 더욱 아렸다. 장대 끝에 휘날리는 만장들의 꼬리가 산모롱이를 돌아 사라지도록 동네 사람들은 '세상 참 허망하다.'라며 자리를 뜨지 못했다. 지금은 산 자로 여기에 남아 있지만, 언젠가는 당산나무 아래에 남은 자들도 따라갈 그 길인 것을 알기에, 서러움은 더 컸을 것이다. 신천지의 이 모씨는 '육체 영생'이라는 뜬구름 같은 교리로 뭇사람의 영혼을 후려쳐 찢어 놓았다. 사람은 제아무리 용을 써도 영원히 살 수는 없다. '육체 필사'가 진리인 것을 누가 부정할 수 있을까? 손바닥으로 하늘을 가리는 격이다. 백세수를 누린다 해도 가는 길은 싫고, 보내는 이도 아쉬워한다. 죽음으로 가는 길에 피할 수 없는 늙음과 병듦이 배치되는 것 또한 자연의 섭리가 아닌가?

선배님의 남편은 수년 동안 지병으로 많이 고생하셨다. 팔순을 넘기신 선배님이 손수 병시중을 다 들었다. 몸도 정신도 성치 않은 첫사랑을 차마 남에게 맡기지 못해서였다. 선배님 또한 오죽이나 힘들었을까만 끝까지 함께했다. 선배님은 힘든 시간들을 오히려 한 잔의 쟈스민 차처럼 수필에 고이 담아 우려냈다. 『첫사랑이 아프다』라는 수필을 낭독하실 때 우리 모두는 그 진한 향기에 콧등이 찡하게 취했다.

장례식장에서 탈진한 듯한 선배님은 늦가을의 들국화 같았다. 한 남자의 반려자로 할 일을 올곧게 다 마친 그 모습이 담담하면서도 숭고해 보였다. 사랑이 무엇인지도 모르던 시절에 그분을 만나서 죽음이 두 사람을 갈라놓기까지 함께한 60여 년의 세월이야말로 온전한 사랑의 완성이 아닐까 싶다. 그래서 오늘 선배님의 모습이 더욱 아름다워 보이는지 모른다.

지난 시간을 아름다운 목리문木理紋으로 그려서 마음의 갈피 속에 포개놓았을 선배님, 어쩌면 그분의 참사랑은 이제부터 시작이지 싶다. 육신은 가셨지만 지금부터가 더욱 애틋한 플라토닉 러브가 되지 않을까. 이제 고인이 망해암 산책길에서 꺾어다 꽂았다는 망초꽃이 선배님의 마음 밭에 별처럼 다시 피어날 것이다. 그리고 때로는 백목련 같은 모습으로, 어느 날은 듬직한 지리산 능선처럼 선배님에게 다가올 것이다.

뻘밭에서 놀다

"와, 나온다. 나와!"

몇 년 전 여름, 부안의 바닷가에서다. 중늙은 아낙들의 환호가 바닷바람을 뒤흔들었다. 친구들과 맛조개 잡는 개펄 체험을 했다. 마침 물때가 잘 맞아서, 바닷물은 아스라이 빠져나가고 있었다. 눈앞에 드러난 잿빛 뻘밭은 흡사 끝이 보이지 않는 호남평야 같았다. 가을의 호남평야가 황금 물결이라면, 부안 앞바다에 펼쳐진 뻘밭은 잿빛 물결로 번드르르 포마드 기름칠한 곳이었다.

드넓은 뻘밭에 고만고만한 구멍이 촘촘히 나 있다. 마치 어릴 적 친구 명숙이 얼굴의 천연두 자국 같다. 그 숨구멍들은 펄 속에 살고 있는 생명체들의 흔적이다. 뻘밭은 수만 가지 생명을 품고 있는 임산부의 거대한 배였다. 불근불근하는 태동이 만져지고, 태아들의 숨소리가 초음파처럼 힘차게 들린다. 펄 속의 태아들은 임산부를 전혀 힘들게 하지 않는 것 같다. 임산부가 거대한 배를 조금도 무거워하지 않는 것을 보면. 그저 밀물과 썰물에게 온몸을 내맡기고 태산처럼 앉아 있다.

맛조개를 비롯하여 꼬막, 바지락, 밤게 등 수많은 생명체들이 각자의 구멍 집에서 법 없이도 잘 살아가고 있다. 드넓은 뻘밭이지만 그들의 작은 몸이 들어갈 만한 구멍 하나면 족하다. 마천루 같은 고층도 아니다. 모두가 똑같은 구멍 지하방 한 칸뿐이다. 그들은 한 평이라도 더 넓히기 위해서 밤잠을 설치며 투 잡, 쓰리 잡도 하지 않는다. 욕심이 무엇인지도 모르는 이들에게 고작 다섯 치도 안 되는 구멍집이냐고 비웃을 수 있을까?

우리 팀보다 먼저 온 많은 사람들이 갯벌체험 준비에 바빴다. 손에는 모두 큼직한 맛소금 주머니를 들고, 최대한 간편한 차림으로 허리띠를 질끈 맸다. 모내기하러 가는 농군처럼 바지는 허벅지까지 걷어올렸다. 환갑을 넘은 아낙들의 종아리가 아직은 가을무 티가 남아 있고, 탄력 잃은 허벅지에도 바닷바람 탓인지 세월을 거슬러 제법 푸른 생기가 돌았다.

"자, 시작하세요."

초등학교 운동회 날 100미터 달리기할 때, 딱총 소리 같은 안내원의 한 마디에 우리는 플라타너스가 우람하게 서 있는 뻘밭 운동장으로 내달렸다. 저 멀리 물러나 있는 수평선이 굼뜬 아낙들의 결승선이 될 것이다.

우리 팀은 장화를 준비하지 못해서 모두 맨발이다. 맨발에 닿는 펄의 감촉이 보기와는 다르다. 흡사 돌배기 손녀의 볼에 비비는 것 같다. 발목을 넘어서 종아리가 빠져도 보드라운 촉감이 싫지않다. 아낙들은 동네 놀이터에 풀어놓은 개구쟁이들처럼. 가슴 속에 켜켜이 쟁여두었던 장난기를 마음껏 풀어헤친다. 옆 친구의 얼굴에 펄을 듬뿍 바르기도 하고, 남방셔츠 등짝에도 피카소의 그림처럼 뜻 모를 환을 쳐댄다. 조용하던 뻘밭에 폭소가 낭자하다.

시끌벅적한 아낙들의 수다에 구멍 속의 주인들은 혼비백산하여 모두 줄행랑을 놓았을 것 같다. 하지만 도망쳐봐야 구멍 속 아닌가? 입구에 맛소금을 뿌리고 지켜보는데, 거짓말처럼 무엇인가가 구멍에서 쏘옥 올라왔다. 눈도 코도 없는 길쭉하고 야들야들한 살점을 안테나처럼 내밀고 주위를 살핀다. 그때 후딱 잡아당겨야 하는데, 잠깐의 해찰에 기회를 놓쳤다. 짭조름한 맛소금에 홀려서 목을 뺀 맛조개는 인기척에 놀라서, 내밀었던 살점을 구멍 속으로 냉큼 끌어들였다.

마음먹고 다른 구멍에 맛소금을 듬뿍 뿌리고 자세를 다부지게 고쳐 앉았다. 참새를 향하여 나뭇가지 새총의 고무줄을 당기듯이 눈알을 구멍에 조준하고 눈빛을 쏜다. 처음보다 더 큰 맛살이 쑥 올라왔다. 맛조개는 펄구멍에서 빼낼 때 그토록 발버둥 치더니, 소쿠리에 담긴 후에는 거미줄에 걸린 고추잠자리처럼 아무런 저항이 없다. 얀정머리 없는 포식자의 손아귀에 이미 든 것을 알고 더 살기를 포기한 것일까. 영장이라는 사람은 생의 끝에 서게 될 때 어떨까. 하루라도 연장해보려고 안타깝게 버둥거리지 않던가.

아낙네들은 수평선이 다가오는 줄도 모르고, 불법 건물 철거반들처럼 오붓하던 구멍집을 사정없이 망가뜨리며 맛살을 탈취했다. 무슨 권리로. 그렇다. 우리는 놀이로 즐겼지만, 맛조개 식구들에게는 화적떼를 만난 것과 무엇이 다르겠는가?

마당에서 거두는 야생 고양이가 있다. 애완 묘를 기르는 집사들처럼 맛난 간식인 츄르도 사다 주지 않는다. 그저 먹고 남은 생선이나 된장 국물에 밥이나 말아줄 뿐이다. 그런데도 내 치마 꽁지만 따라다니며 말을 걸어오는 순둥이가 되었다. 그런데 어느 날 밤, 고양이가 한 뼘쯤 되는 쥐를 잡아다가 마당 가운데에 자랑하듯 눕혀놓았다. 순한 것 같지만, 쥐를 본 고양이는 본능적으로 포식자의 사냥 기질이 튀어나왔을까. 야생 고양이의 날카로운 발톱과 오늘 맛조개를 낚아채는 내 손이 다른 점은 무엇일까?

아낙들은 맛조개를 소쿠리에 무춤하게 채웠다. 표정이 하나같이 낙낙하다. 그런데 얼굴도 몸통도 온통 펄범벅이다. 가을무처럼 허옇던 종아리들이 펄종아리가 되었다. 푸른 생기가 돌던 허벅지도 온통 펄투성이다. 아낙들 모두가 초고추장 속에 콕 찍은 빙어처럼 펄고추장 속에 찍어냈다. 누가 누구인지, 모두 그 년이 그 년 같다. 도랑 치우고 붕어 잡는다더니, 맛조개 잡고 머드 팩도 야무지게 한 것이다. 바다는 오늘 아무 연고도 없는 여인들에게 가슴을 열어젖혔다. 김매기에 바빠서 새참 젖을 먹이지 못한 어머니처럼, 퉁퉁 불은 젖가슴을 철부지 중늙은이들에게 아낌없이 디밀어주었다.

저녁 늦도록 친구들과 삶은 맛조개를 초고추장에 콕콕 찍어 먹으며 뻘밭 얘기를 나누었다. 그날 밤 꿈속에서 온통 초고추장으로 뒤범벅된 맛조개 꿈을 꾸었다. 벌건 초고추장 뻘밭에서 맛조개의 야들야들한 살점이 밤새 쑥쑥 머리를 디밀었다.

어머니의 화로

　자그마한 안방에 화로가 둘이다. 밖에는 함박눈이 쏟아지고 있지만, 방안은 화로 두 개의 열기로 훈훈하다.

　하굣길에 눈 속을 헤치고 돌아온 초가지붕 밑, 잿불을 품고있는 놋쇠화로와 옆에 앉아 바느질에 여념이 없는 어머니 역시 큰 화로였다. 바느질감을 내려놓고 언 손을 감싸 녹여주던 어머니 손은 뭉근한 화롯불 같았다.

　지난 주말이다. 마당가에 걸어놓은 가마솥에 묵은지 해장국을 안치고 아궁이에 참나무 장작불을 지핀다. 노랑, 주황, 파란 빛으로 타오르는 불꽃을 들여다보며 내 속에 똬리를 틀고있는 또 다른 나를 만난다. 아궁이 앞에서의 이런 시간은, 아직도 여물지 못한 물알 같은 나를 시나브로 영글게 하는지도 모른다.

　등등한 기세로 타오르던 불꽃은 유한의 벽을 뛰어넘지 못하고 사위었다. 하지만 까만 아궁이 안에 반짝이는, 장작의 혼백 같은 수많은 숯불의 눈들이 더욱 장관이다. 마치 밤하늘의 별바다 같다. 주위가 온통 먹물로 출렁이는 밤에 아궁이 안의 반짝이는 숯불을 들여다보면 나도 모르게 불멍에 빠지게 된다. 그 잠깐의 마음은 십만억토+萬億土를 여행한다. 그 여행길에 다른 동행은 개미 한 마리도 없다. 오직 껍데기인 나와 그 안의 또 다른 나만의 오붓한 시간이다. 아궁이 앞의 여행은 숯불 사이로 난 도라지 뿌리 같은 오솔길을 따라서 끝없이 이어진다. 이 시간은 자연과 가장 가까운 풍경이 아닐까. 자연과 가까우면 그 속에 쪼그리고 앉아 있는 나도 덤으로 풍경이 되는 건가?

깜박이는 숯불의 눈에서 문득 어릴 적에 방 가운데 좌장처럼 앉아 있던 놋쇠화로가 떠오른다. 나의 유년과 소녀 시절이 투영된 기억 속의 화로. 그 화로에는 잊어버린 어린 시절이 고스란히 담겨 있다. 화로에는 얼굴이 고춧잎만 한 인두와 부젓가락 두 개가 늘 꽂혀 있었다. 화로에 소복한 재를 인두로 뒤적이면 자는 듯 깨어 있던 불씨가 하나둘 하품을 하며 눈을 뜨곤 했다. 그것들은 점점 별처럼 총총히 돋아나 와글와글 수작을 걸어오기도 했다. 그들의 수다는 어린 나를 끝없는 동화 나라로 인도했다. 은하수 강을 사이에 두고 애태우는 견우와 직녀, 백설 공주와 일곱 난쟁이 등….

농사일이 끝난 겨울철, 어머니는 화롯가에서 온종일 붙박이가 되어 미루어 두었던 바느질을 했다. 어느 기능사 못지않게 바지, 저고리, 치마 등을 재바르게 지어내곤 했다. 햇솜을 두툼하게 넣은 명주 핫저고리를 입으면 겨우내 어머니 품속 같았다. 어머니의 요술 손은 어린 나에게 선망의 대상이었다. 그래서 여덟 살 때부터 화롯가에서 바늘을 쥐고, 헝겊 쪼가리에 삐뚤삐뚤한 시침질로 바느질에 입문했는지도 모른다. 화로에 묻어놓은 고구마가 노란 속살을 드러내기를 기다리며.

어머니가 마름질 후에 남겨주는 헝겊 조각을 와이셔츠 빈 상자에 보물처럼 모았다. 색색의 헝겊을 들춰볼 때면 얼마나 옹골졌던지 부자가 된 기분이었다. 어머니를 흉내내면서 되지도 않은 치마저고리를 지어서 허수아비 같은 인형에 입히곤 했다.

그렇게 재미붙인 바느질은 장성해서도 특히 마음이 신산할 때면 바늘을 쥐었다. 헌옷을 뜯어고치고, 자수를 놓기도 했다. 그러다 보면 헝클어진 마음도 어느새 가지런해졌다. 이제는 둘째 딸에게 전수되었는지, 딸은 아담한 '아틀리에 바른길'을 열어 각종 수제 액세서리와 수예품의 프로가 되었다.

어머니는 아침에 콩대며 솔가지를 지펴서 밥을 지었다. 그 불씨가 사위기 전에 화로에 옴싹 퍼 담고 그 위에 몽근 재를 덮어서 인두로 다독였다. 불씨는 온종일 화로의 재 속에서 숨을 이어가며 방안에 온기를 불어넣었다. 그뿐 아니다. 화로는 인두를 품어 달궈서 어머니의 바느질을 돕기도 했다. 저고리 깃을 달고, 도련을 꺾을 때와

동정을 달 때는 달군 인두로 꼭꼭 눌러서 매시랍게 제자리를 잡아 주었다. 연탄이 없던 그 시절, 찌개 냄비를 올려 끓여주기도 했고. 감자, 고구마를 구워내어 굴풋한 우리들에게 맛난 간식을 대주기도 했다.

어머니가 돌아가신 뒤 요즘의 친정집은 화로 없는 방 같다. 고향집을 정리하고 광주에서 어머니를 모시던 오빠네 아파트, 어머니가 거처하시던 방에는 창문 위 벽에 영정사진 한 장 덩그렇게 걸려 있다. 그 방에는 뭉근하던 놋쇠화로도 없고, 화로처럼 언 손을 녹여주던 어머니도 없다. 오빠와 언니가 더없이 잘해주지만, 문풍지 없는 문틈으로 바람이 새어들 듯이 2% 부족한 온기를 느끼곤 한다. 자연의 섭리를 어쩌랴.

어머니 계시는 그 나라에도 함박눈이 내리는 날이면 화롯불 위에서 된장찌개가 보글거리고, 어머니는 여전히 화로 곁에서 바느질하고 계실까? 이다음에 어머니 뒤따라서 그 나라에 가게 되면 아마도 화로 위의 된장찌개 냄새로 어머니를 빨리 찾을 수 있을 것 같다.

오늘처럼 함박눈이 쏟아지는 날이면, 화롯불이 훈훈하고, 된장찌개 구수하던 고향집 포근한 방이 더욱 그립다.

참기름 보따리

20여 년 전, 순천발 수원행 비둘기호 7호 차. 매진되기 직전에 구입한 좌석표 3장으로 여섯 식구가 포개 앉았다. 고난의 행군 같은 귀성길이었다. 명절 뒤에 돌아오는 길은 언제나 그랬지만, 그날의 기억은 소나무의 옹이처럼 시간이 지날수록 빛깔이 진해진다.

전라남도 여천 시댁에 내려가 설을 쇠고 수원으로 돌아오는 길. 통로까지 콩나물시루였다. 입석이 좌석보다 더 많았다. 어떤 이는 좁은 통로에 아예 신문지를 깔고 앉아 있었다. 그 와중에도 홍익회 판매원은 '잠시 지나갑시다.' 하며 통로에 앉은 사람들을 죄다 일으켜 세워 길을 텄다. 요즘에 그랬다가는 금방이라도 드잡이가 날 텐데, 그때만 해도 사람들은 순한 양처럼 순순히 일어섰다.

판매원의 손수레에 가득 실은 먹을거리는 틈새에 끼어 앉은 아이들의 눈길을 사로잡았다. 삶은 계란과 김밥, 롯데샌드와 참깨스낵 그리고 마른오징어와 사이다 등은 졸린 눈을 번쩍 뜨게 했다. 아이들 딸린 사람들은 너나없이 얄팍한 지갑을 자꾸 열었다. 아마도 모두들 집에 도착하면 엄마 아빠의 지갑은 깃털이 되었을 것이다. 기차에 탄 모든 아이들이 그날만은 허가된 군것질인 양 마음껏 즐겼다. 그래서인지 숨이 막히게 찡겨앉은 자리인데도 전혀 징징대지 않았다. 그저 먹는 재미에 푹 빠져서 수학여행길인 듯 싱글벙글했다.

"다음 역은 수원역입니다. 내리실 때는 잃은 물건 없이 잘 챙기십시오. 감사합니다. 안녕히 가십시오."

안내원의 착 가라앉은 목소리에도 명절의 피곤함이 묻어났다. 그때부터 우리는 바빠졌다. 화물차 같은 선반 위의 보따리들을 내리고, 발밑에 빼곡히 쟁인 짐도 빼냈다. 웬만한 자취생의 이삿짐이었다. 거기에 정말 잃어버려선 안 될, 보따리만 한 아이들 넷을 착실히 챙겼다. 우리 부부는 팔이 열 개라도 부족할 지경이었다. 등에 지고 양손에 몇개 씩 들고 아이들 앞세워 허둥지둥 내렸다.

또 한차례 택시 잡는 전쟁을 치러야 했다. 짐도 많고 식구도 많아서인지 택시들이 손사래치며 몇 대나 지나쳤다. 겨우 수원 고등동 집에 도착하면, 귀성하는 1막 행사가 끝났다. 2막은 개미처럼 물고 온 보따리를 정리하는 일이었다. 시어머니의 마음이 불룩하게 담긴 보따리들을 차례로 풀었다. '기피 인절미는 쉬지 않게 바로 냉동실에 넣어라.' 어머니의 카랑카랑한 목소리까지 보따리 속에 오보록이 싸여 왔다. 내용물이 다른 보따리 하나 풀 때마다 어머니의 녹음테이프는 생생하게 다시 돌아갔다. 요즘 딸들의 반찬 보따리를 챙길 때면 그때 어머니 생각을 많이 하게 된다. '퇴근하면 힘들어도 이런 밑반찬에 뜨신 밥 해 먹어라?' 작은 보따리에 잔소리까지 구겨 싸느라, 매번 쇼핑백이 미어진다.

많은 보따리를 거의 풀었다. 그런데 아뿔사, 어머니가 싸주면서 '이것은 진짬이니 선반에 올리지 말고, 네가 안고 가라 잉?' 하시던 노란색 보따리가 아무리 봐도 없었다. 도깨비한테 홀린 듯했다. 하필이면 그게 없다니. 기차 선반에 두고 내렸을까. 아니었다. 짐을 내릴 때 선반에는 우리 것밖에 없어서 남김없이 다 내렸는데, 어찌 된 일일까. 도무지 알 수 없었다. 택시에서도 몇 번 확인했고….

순천에서 익산역까지는 콩나물시루였다. 하지만 이후부터 역마다 타는 이는 거의 없었고, 내리는 사람이 많아서 서울이 가까워진 수원역에서 내릴 때는 그리 복잡하지 않았다. '아, 그랬구나.' 중간에 어느 역에서 내리는 사람의 짐에 내 보따리가 싸잡혀 따라간 것이 틀림없었다.

'아니야, 내 주인은 따로 있다고!' 하며 앙탈을 부리며 낯선 손에 끌려갈 때, 참기름 보따리는 얼마나 절박했을까. 그 순간에 도대체 나는 어디에서 무엇을 하고 있었단 말인가. 선반을 부여잡고 버텼지만, 역부족으로 끌려갔을 보따리. 그 절규를 듣지 못한 나 자신이 지금도 원망스럽다.

참기름 2리터면 식탁에서 1년은 줄곧 고소한 맛을 낼 터인데. 그뿐 아니었다. 그 보따리엔 꾸덕꾸덕 말린 여수 뱃자반도 골고루 들어있었다. 그래서 어머니가 진짬이라고 하셨는데, 왜 그것을 선반에 얹었을까. 내 곁에 안고 오지 않고 옴싹 잃어버린 얼치기가 된 것이다. 얼마나 앵하던지 밤새 빈 보따리들만 뒤적였다.

어머니께는 몇 해가 지나도록 그 진짬 보따리를 잃어버렸다는 말씀도 드리지 못했다. 아신다면 마음이 나보다 몇 배는 더 앵할 것 같아서였다. 손수 농사지은 참깨로, 면 소재지까지 버스를 타고 가서 짜 온 참기름이 아니던가. 생선은 또 어떤가. 버스를 갈아타며 여수 선착장에서 사 온 팔딱거리는 고기들이었다. 손질하여 밑간을 했고, 며칠동안 파리채 들고 서서 말린 것이었다. 생선들은 평생에 입으로 지은 죄도 없는데, 입을 빨래집게에 줄줄이 물려 주렴처럼 매달렸을 것이다. 애먼 쪽빛 하늘에 대고 눈들을 얼마나 부릅떴을까. 그들의 소리 없는 아우성이 지금도 귓가에 선하다.

마트에서 박카스 병만 한 참기름 병을 사 들고 올 때면, 잃어버린 참기름 보따리 생각이 잊히지 않는다. 어차피 돌아오지 못할 참기름인 줄 알면서도 쉽게 포기하지 못한다. 그럴 때마다 자기 짐으로 착각해서 가져간 그 사람에게 그저 보시한 셈 친다. 그 사람도 돌려줄 수 없는 참기름과 생선을 먹으면서 몹시 미안했을 거라 생각하면서. 그래서 옛 어른들은 잃어버린 사람이 오히려 죄인이라고 했는지 모르겠다. 애먼 남에게 벗을 수 없는 죄책감을 짊어주었으니.

오랜 세월이 지났지만 기차 소리를 들으면, 2리터 참기름 병이 고소한 냄새를 풍기며 허공에 맴돈다.

제3부

귀 없는 양은냄비

부리망과 마스크

　삼복 더위에도 떼어낼 수 없다. 요즘 일상에서 의식주보다 더 소중하다. 그래서 이것 한 장 사려고 신분증까지 들고, 신도시 아파트 청약 줄처럼 장사진을 치기도 했다. 마스크가 주적을 방어할 수 있는 유일한 수단이 되면서 그 위상은 무한으로 치솟고 있다.

　지난 주말, 오산역에서 오랜만에 청량리행 전철에 올랐다. 전철 안의 분위기가 예전과 확연히 다르다. 코로나19의 만행을 각종 매체로만 접했는데, 전철을 타보니 실감난다. 하지만 사회적 거리두기가 전철에선 어렵다. 초만원이다. 코로나19 바이러스가 어디선가 날아와 호흡기에 화살처럼 꽂힐 것만 같다. 마스크를 쓴 남녀노소의 얼굴에서 긴장감이 짙게 배어난다. 모두가 어쩔 수 없는 외출이지만, 불안한 마음인 듯하다. 눈과 이마만 겨우 내놓고 얼굴을 거의 가려버린 인파 속에서 말소리 기침 소리 하나 없다. 전철 바퀴 구르는 소리만 분위기만큼 무겁다.

재작년 12월부터 시작된 코로나19가 2년 가까이 세계인의 고삐를 바투 쥐고 놓아줄 기미가 없다. 그 기세는 마왕의 말발굽 소리처럼 시간이 갈수록 두려움을 준다. 하늘을 찌를 것 같던 인간의 지능과 눈부신 과학의 힘은 다 어디로 갔을까. 어디선가 지구로 갑자기 뛰어든 불한당 같은 코로나19 바이러스는 전 세계의 국경을 종횡무진 무시로 파고든다. 사람의 몸 깊은 곳에 칩처럼 꽂혀서 무사통과한다. 세상에 어떤 스파이가 이렇게 영악할까. 핵폭탄으로도 막을 수 없는 적 앞에서 온 인류는 발을 동동 구르고 있다.

그동안 미세먼지가 자욱한 날에만 종종 사용하던 마스크이다. '미세먼지 나쁨입니다. 외출할 때는 꼭 마스크 착용하십시오.'라는 행정자치센터에서 보내온 문자 멘트를 받던 때가 오히려 그립다. 요즘은 코로나19 확진자 수와 그 동선 정보를 알리는 멘트가 주를 이루고 있다. 그런데도 무기라고는 오직 다윗의 물맷돌 같은 마스크 한 장에 의지하고, 골리앗 같은 코로나19 바이러스의 위력 앞에 맞설 뿐이다. 영장이라는 인간이 더없이 초라해 보인다.

오늘 전철 안의 무거운 분위기 속에서 꿈처럼 스치는 한 장면이 그나마 적 앞에서 긴장을 녹여준다. 사람들의 코와 입을 가리고 있는 부리망 같은 마스크 대열에서 어릴 적 어느 날의 청량한 워낭소리가 들린다.

그날, 고향 동네 큰골 밭을 갈던 날이다. 아버지는 어둑한 새벽부터 외양간 아궁이에 불을 지폈다. 우리집 우공牛公인 누렁이(황소)의 아침식사 준비로 여느 새벽보다 더 분주했다. 닷 마지기 사래 긴 밭을 갈기 위해서 누렁이를 든든히 먹여야 했다. 짚여물에 깨소금 같은 쌀겨를 듬뿍 버무리고, 원기소 같은 메주콩도 한 바가지 섞었다. 부엌의 어머니 무쇠 솥에선 반섞이 보리밥이 구수하게 뜸들고, 외양간 쇠죽솥에서는 여물이 맛나게 끓던 새벽이 60여년 너머에 아스라하다.

아버지는 누렁이 배를 방방하게 먹여서 고삐를 잡고, 지게에 쟁기를 지고 나섰다. 누렁이는 시울까지 닿는 여물 한 솥을 다 먹고 나왔지만, 큰 밭을 거의 갈고나면 허기진 듯, 숨소리가 거칠어지고 걸음은 무거워졌다. 앞만 보며 쟁기를 끌던 누렁이가 고픈 배로 마음이 흔들렸을까. 누렁이의 순한 눈길은 남의 청보리밭으로 자꾸 달려간다. 흐트러진 눈길 따라서 쟁기 뒤의 반듯하던 밭이랑은 구불구불해졌다. 누렁이의 등에 얹힌 멍에는 또 얼마나 무거웠을꼬.

"워~ 워~!"

아버지는 고삐를 바투 당겨 말려본다. 그러나 누렁이는 이제 막 물알을 배고있는 옆집 청보리를 한 입 덥석 베어문다. 아버지는 하는 수 없이 쟁기를 놓고 챙겨온 도구를 꺼냈다. 배고프고 힘들기는 아버지도 누렁이도 매일반이다. 그러나 아버지는 언제나 자신의 시장기보다는 배냇소였던 누렁이의 허출한 배를 먼저 감지했다. 그럼에도 그날은 옆집 청보리를 지키려고 헉헉거리는 누렁이의 주둥이에 부리망을 씌웠다. 누렁이는 그런 아버지의 마음을 읽은 듯, 지금 내 입을 덮고 있는 마스크 같은 부리망에 입을 순순히 디밀었다. 그속에서 입을 꼭 다물고 워낭소리에 따라 뚜벅뚜벅 다시 걸었다. 누렁이의 등줄기에는 땀이 흥건했다.

아버지는 밭을 다 갈고 나서 곧바로 누렁이 입에 씌운 부리망부터 냉큼 벗겼다. 그리고는 밭둑 밑의 실개천으로 데려갔고, 밭둑에 수북한 꼴도 마음껏 뜯게 했다. 해거름 바람에 한몸처럼 눕고 일어나는 풀잎들. 햅쌀밥처럼 맛나게 먹는 누렁이를 보며, 당신의 입에 밥숟갈이 들어가는 듯 해낙낙하셨다.

아버지는 노을을 이고 있는 불갑산을 배경으로 고삐조차 아주 놓아버렸다. 풀 뜯는 누렁이의 느린 발걸음을 천천히 따르던 아버지의 소요逍遙가 오늘 부리망 같은 마스크 물결 사이로 선연하다. 그날 풀잎을 흔들던 달차근한 바람결도 코끝에 아직 얹혀있다.

눈에 뵈지도 않는 바이러스가 느닷없이 습격하여 세계 모든 사람의 입에 부리망을 채워버렸다. 돌아보면 우리는 그동안 입조심에 너무 소홀했다. 청보리 한 입의 유혹엔 비교되지 않는다. 남의 마음에 상처 주는 말을 무시로 뱉어내고, 몸에 좋다면 어떤 생명이든 가리지 않고 먹어댔다. 그래서 우리가 조심해야 할 삼업(三業: 몸, 입, 마음) 조절 중에 입이 한 자리 차지하는 것 아닐까.

동네 골목에서 이웃들에게 나누던 박꽃 같은 미소는 코로나19 바이러스가 등판하며 서서히 사라져 간다. 그 옛날 누렁이의 워낭소리 같은 아이들의 말간 웃음소리도 놀이터에서 들을 수 없다. 그 끝을 알 수 없는 적막강산이 오싹 두렵다.

그날 부리망을 벗고 나슬나슬한 꼴을 마음껏 뜯던 누렁이처럼, 우리들의 입에서 마스크를 떼어 낼 날은 언제쯤일까.

주막집 모자(母子)

"김○○, 서울대학교 합격을 축하합니다."

함평 금곡 동네 앞이다. 당산나무에 걸린 현수막이 초겨울 하늘에 함박웃음을 날리고 있다. 70여 호 되는 마을 당산나무 아래에서 잔치가 벌어졌다. 장구와 꽹과리가 덩더꿍, 덩더꿍 신바람 났고, '얼~수! 좋다.' 맛깔스런 추임새로 어르신들의 어깨와 궁둥이도 들썩들썩 보릿대 춤이 한창이다.

30여 년 전, 어느 날 봄바람에 날려온 민들레 꽃씨 하나. 동네 어귀 삼거리에 사뿐히 내려앉았다. 보송한 솜털 꽃씨의 등에는 돌배기 아기가 가랑잎처럼 업혀 있었다.

여든 살 노파가 새벽이면 문 열고 길손을 맞아주던 주막집이었다. 피붙이 하나 없는 노파는 그렇게 살다가 고목 둥치처럼 조용히 주저앉았다. 이장님이 상주가 되어 동네 장으로 장례를 치렀고, 그 후로 주막 덧문에는 빗장을 걸었다.

그런데 민들레 꽃씨가 그 빗장을 비긋이 열고 들어와 볼이 수밀도 같은 아기를 부려놓은 것이다. 그녀는 예전의 노파가 그랬던 것처럼 자연스럽게 길손의 술배와 밥배를 채워주기 시작했다. 노파와는 다르게 그녀의 눈은 세상의 모든 빛깔을 모아서 녹여낸 듯 까맣게 반짝였다. 입술은 지구 상의 모든 벌, 나비들이 탐할 만큼 붉고 또렷했다. 무엇보다도 그녀의 살굿빛 피부는 보암직하고 먹음직도 했다.

그녀의 살가운 웃음은 입뿐만 아니라 별 같은 눈에서, 훤칠한 이마에서, 거침없이 틀어 올린 트레머리에서 생수처럼 흘러내렸다. 그래서 근동의 남정네들은 침을 삼켰고, 그녀를 향한 동네 아녀자들의 손가락질은 여름날 장대비처럼 쏟아지곤 했다. 남 말하기 좋다고, 아기의 아빠에 대해서 이러쿵저러쿵 아낙들의 추측은, 장돌뱅이부터 여수 한정식집 사장님까지 수도 없었다. 그러니까 걸레라며…. 성자 같은 걸레는 몸이 만신창이가 되도록 방이며 마루를 말갛게 닦아주는데, 사람들은 왜 마뜩찮은 여자를 걸레라고 수근대는지, 그때는 몰랐다.

흉년에 입 하나 덜자고 무작정 서울로 나섰던 열일곱 살 그녀. 시내버스 문짝에 매달려 승객들과 부대끼며 '오라이!'를 외치는 여차장이 되었다. 얼굴이 반반한 그녀는 단란주점 포주에게 낚인 물고기가 되기도 했다. 그의 학대에 견디지 못하고, 고향행 야간열차에 도망치듯 올랐다. 고향은 천 리 밖에서 그리워할 때가 오히려 따뜻한 것일까. 가까이 와보니 타향보다 더 차가운 곳이 되어 있었다. 여수 선창가를 배회하다가 어느 티켓 다방에서 차 배달로 생을 이어갔단다.

불혹이 다 되어 만난 인연 하나. 나이 지긋한 새우잡이 배 선주 양반이었다. 안정된 가정을 갖고 싶던 그녀는 홀아비라는 말 한마디에 앞뒤 잴 것도 없이 따라나섰다. 그런데 한 판 꿈을 꾸었을까? 어렵게 이룬 가정생활은 2년 만에 파탄이 났다. 홀아비라던 선주 양반은 제주 성산포에 처자식이 어엿이 살고 있었던 것이다. 먼바다로 새우 잡으러 가는 동안은 제주 집에 가 있었던 것이고. 파렴치한 이중생활이 어찌 오래갈 수 있을까.

모질지 못한 그녀는 악다구니 한 번 부리지 못하고, 돌 지난 아이를 들쳐업었다. 젖먹이를 데리고 취업도 할 수 없고, 남도를 방황하다 날아든 곳이 우리 동네 삼거리 집이었다.

가랑잎 같은 아기는 우물가에 무성한 소문만큼이나 쑥쑥 자랐다. 그녀는 찌든 치마폭에 화살 같은 비난을 받았지만, 오직 자라는 아기를 보며 위안을 삼았을까? 그녀의 얼굴엔 늘 미소가 번지고 그늘이라고는 없었다. 이를 두고도 아낙들은 웃음을 파는 여자라며 입을 삐죽거렸다.

설악산 울산바위도 뚫을 수 있는 무성한 소문이 그녀 아들의 도톰한 귀인들 어찌 뚫지 못했을까. 그녀의 아들은 사춘기에 들어서며, 동네와 학교에서 사고뭉치가 되어갔다. 손은 거칠어서 남의 물건을 훔치고, 툭하면 선후배를 가리지 않고 두드려 팼다. 그러던 아들이 고등학교에 가서 한 담임 선생님을 만나고부터 달라졌다고 한다. '사내라면 개떡 같은 환경을 뛰어넘는 오기를 가져보라.'라는 선생님의 말씀이 약이 되어서, 방황을 접고 공부와 맞짱을 뜨기 시작했단다.

사람은 살아가며, 특히 청소년기에 누구를 만나느냐에 따라서 결과는 천지 차이라더니, 강남의 8학군에서도 하늘의 별 따기라는 서울대학교 공대에 철석 붙은 것이다. 송진의 향은 소나무의 찢긴 상처에서 더욱 강하게 나오듯이, 남다른 환경의 아픈 상처는 물알 같던 한 남학생을 단단히 여물게 했다.

민들레 꽃씨를 걸레라고 입방아를 찧던 아낙들은 누가 먼저랄 것도 없이 입을 다물었다. 그뿐 아니다. 그녀는 하루아침에 걸레라는 오명을 벗고, 선망의 대상으로 바뀌었다. 그녀의 아들은 대학교에 입학하자마자 S그룹에 스카웃되었고, 그곳에서 받는 장학금으로 서울 유학도 걱정 없었다. 거기다가 졸업 후에는 그 회사에 특채되어 단번에 과장 직함까지 달았으니….

민들레 꽃씨가 아들 따라 서울행 열차를 타던 날, 손수건을 흥건히 적신 그녀. 무청 같은 청춘을 앗아간 서울 바닥에 번듯한 아들을 앞세우고 개선장군처럼 입성한 것이다. 효자 아들의 극진한 고임을 받으며 잘 산다는 풍문이 온 동네에 초고속으로 날아들었고, 풍문은 당산나무 아래에 멍석처럼 쫙 깔렸다. 지금도 삼거리 주막집 모자의 민들레 꽃씨 같은 이야기는 우리 동네의 전설이 되고 있다.

귀 없는 양은냄비

수원 지동시장 그릇가게에서 먼지를 뒤집어쓴 지 얼마 만일까. 그곳에서 아줌마를 처음 만났다. '라면 두어 개 끓이는데 딱 좋겠구나.'라며 나를 선택해준 아줌마다. 한 식구가 된 지 9년째다. 그녀와는 전생에 어떤 인연이었을까.

이댁 주방에 와서 내가 하는 일은 주로 라면 끓이는 일이다. 묵직한 스테인리스 냄비는 고상한 척 무게 잡느라 끓이는 게 더디다. 나는 몸이 가벼워서 굼뜨지 않다며 아줌마는 나에게 자주 도움을 청한다. 라면 끓이는 일 외에도 시금치 같은 나물 데치는 일도 덤으로 많이 한다. 오랜 세월 아줌마의 사랑을 받는 이유다.

이댁 가족의 라면 입맛은 계절마다 다르다. 이슬비가 보슬거리는 봄날에는 담백한 곰탕 라면을 즐겼고, 여름에는 칼칼한 신라면으로 무더위를 쫓아냈다. 가을에는 짜장범벅으로 분위기를 맞추고, 함박눈 퍼붓는 날에는 떡을 넣은 구수한 김치라면이 그만이란다. 제 자랑하는 팔불출 같지만, 라면 끓이기 9년에 달인의 경지에 이른 것 같다. 누가 추천만 해준다면 세계기능올림픽에도 한 번 나가볼 참이다.

일터에서 밤늦게 돌아온 아줌마의 딸들은 출출하다면서 통통한 몸매도 아랑곳하지 않는다. 곁두리로 내가 끓인 라면을 즐겨 찾곤 했다. 온종일 무료하던 나는 밤중이면 어떻고, 새벽이면 어떠냐며 눈꺼풀을 밀어 올렸다. 후딱 끓여서 아가씨들의 허출한 배를 든든하게 채워주고 나면 덩달아 내 배가 뿌듯했다. 이런 나를 아줌마는 생전의 친정어머니 같다고 했다.

아줌마는 뜨거운 라면 면발을 후루룩거리는 딸들을 보면서 30여 년의 물결을 은어처럼 거슬러 오른다. 그녀가 젖먹이 딸을 업고 친정에 가면, 그녀의 친정어머니는 아침에 지은 밥이 밥솥에 넉넉한데도, 마른 솔가지 불을 때서 따끈한 쌀밥을 새로 지었다. 따뜻한 밥을 먹어야 아기 젖도 많다며. 같은 시대를 살지 않았지만, '내 논에 물 들어가는 것과 내 새끼 입에 밥 들어가는 것은 언제 봐도 오지다.' 하던 어른들의 말뜻을 이제야 조금 알 것 같다.

사람들은 무게 없이 촐랑대는 이를 일컬어 '양은냄비 같다.'라며 죄 없는 나를 끌어다 붙인다. 세상에서 나만큼 참을성 많은 존재가 또 있을까 싶다. 수백℃ 되는 파란 불꽃 위에 앉으면 종잇장 같은 엉덩이가 금방 녹아내릴 것 같았다. 그때마다 오직 죽는 길이 사는 길임을 알기에 엉덩이 한 번 들썩이지 못하고 이를 사려 물었다. 그리고는 품에 안은 음식물을 맛깔스럽게 익혀 냈다.

세월 이기는 장수 없다고 했다. 강철보다 강한 정신력으로 버티던 내 몸 여기저기에 문제가 생겼다. 매끈하던 몸은 찌그러져 아줌마 얼굴처럼 잔주름이 늘어가고, 뚜껑 꼭지는 망가져서 그녀의 임플란트 어금니처럼 갈아 끼웠다. 갖가지 수세미에 씻긴 몸은 상처투성이다. 부티 나던 황금빛은 희미해져서 아줌마의 친정어머니가 꽂던 납 비녀 색으로 변했다. 그래도 끓여낸 라면 맛은 변하지 않았다. 새 냄비에 끓인 것보다 오히려 더 맛있단다. 손맛이 아니라 찌그러진 냄비 맛이란 것을 이댁 식구들은 아는 듯하다.

그러던 어느 날, 귀 하나가 덜걱거리더니 급기야 뚝 떨어져 버렸다. 뚜껑 꼭지는 망가져서 갈아 끼웠지만, 귀는 그럴 수 없단다. 처음부터 나의 두 귀는 들기 위한 용도가 아니라, 사람의 두 손으로 붙들기 위한 귀가 아니던가. 그런데 사람들은 왜 자기들이 관리하지 못한 옆구리 살을 '냄비 살'이라고 하는지, 듣는 냄비로서는 기분 나쁠 때가 있다. 귀 없는 냄비, 이제는 풀기 죽은 후줄근한 모시바지 신세다. 그렇지만 아줌마는 귀 떨어진 쪽을 행주로 공손히 싸서 들며 여전히 아껴준다. 그런데 올 것이 오고 말았다. 그토록 고임을 받던 나는 어느 날 온갖 빈 깡통들이 와글거리는 통 속으로 버려지게 되었다.

내 신분이 벼랑 밑으로 추락하던 그날도 여느 때처럼 신라면을 신나게 끓였다. 그런데 아줌마가 좀 서둘렀을까? 행주로 감싸 잡은 귀 없는 쪽을 그만 놓쳤다. 뜨거운 국물은 가스레인지 위에 흥건했고, 아줌마의 발등까지 벌겋게 데었다. 뜨거워서 발을 동동거리는 아줌 마를 보면서 내 온몸은 자지러졌다. 덧정 많은 그녀였지만 안절부절 못하는 나를 '캔류 재활용품' 통에 망설이지 않고 넣어 버렸다. 내 귀 가 성하게 달려 있다면 이런 일은 없을 텐데. '그래, 내 생애 9년이면 족해야지.' 뺏뺏하던 자존심을 내려놓으니 콩닥거리던 마음은 잔바람 없는 호수가 되는 듯하다.

장자는 삶과 죽음이 계절의 변화와 같은 것이라 했다. 그러나 나 같은 소인배는 그와 같은 보편적인 생사의 질서에 위로가 되지 않는 다. 마음 한구석엔 삶에 대한 애착이 아궁이 잔불처럼 남아있는 것 을 어쩌랴. 압착기 밑에 깔리는 고통이 따를지라도 그 길이 혹시 두 귀가 멀쩡한 양은냄비로 환생幻生하는 길이라면…. 재활용품 통 안 에서 떨어져 나간 귀 언저리를 매만지며 며칠 동안 신기루 같은 꿈 을 꾸었다.

그렇게 잠을 이루지 못하던 어느 날 아침이다. 어두운 재활용품 통 안에 폭포 같은 빛줄기가 쏟아졌다. 통 뚜껑이 덜컥 열리고, 나를 버 렸던 아줌마의 손이 어둠에서 꺼내주었다. '그렇지. 네 잘못이 아니라 내 잘못인데, 버릴 뻔했구나.' 하며 말갛게 씻어 주었다. 물을 반쯤 담 아 가스 불 위에 다시 앉혀준다. 이번에는 라면이 아니라, 아줌마의 돌배기 손녀를 위해서 계란찜 중탕을 해보란다.

　내 무엇을 아끼랴. 죽음의 문턱까지 갔다 온 나의 삶, 수술대 위에
누워본 사람의 마음도 이럴까?

지하온천장에서

　일본 다카마쓰에 있는 신카바카와호텔의 지하온천장이다. 자그맣지만 고풍적이고 깨끔스럽다. 물 뿌리고 싸리비질한 절마당 같다고나 할까.

　일본 하면 온천이 유명하다는 말을 귀가 닳도록 들어왔다. 그러던 차에 일본 여행은 난생처음인지라, 여행 짐을 챙기면서도 온천에 대한 기대가 컸다. 그런데 막상 호텔 지하의 작은 욕탕이 조금은 마음에 차지 않았다. 그렇지만 많은 생각을 하게 했다. 그곳에서 일본인의 검소하고 청결한 습성을 한눈에 볼 수 있었다. 그리고 세계인이 칭찬하는 공중도덕심까지 보았다.

　저녁에 들렀던 곳이지만, 새벽에 또 내려갔다. 오랜 시간이 고여있는 욕실 벽과 구석구석에서 주인의 알뜰한 손길이 묻어났다. 벽의 타일 조각이 떨어져 나간 자리에 색깔은 다르지만 새 타일로 깔끔하게 때웠다. 우리가 아이들 기를 때, 바지 무릎에 구멍이 나면 헝겊을 덧

대어 앙증스런 꽃수를 새긴 것처럼. 코너에도 빈틈없이 수납공간을 만들어 욕실 도구를 정리했다.

탕 벽에는 벚꽃 모양의 우윳빛 갓을 쓴 등이 빙 둘러 운치를 더했다. 그들의 국화인 벚꽃을 요란스럽게 드러내지 않고, 나라 사랑하는 마음을 별처럼 달아놓았다. 우리는 무궁화를 실생활에 얼마나 응용하고 있을까. 벚꽃 등불의 눈빛이 수증기 속에서 은은하다. 등불은 반늙은 여인들의 몸매를 실눈으로 내려다본다. 등불은 마치 탱탱해지고픈 여심을 들여다본 듯 그저 미소만 짓는다. 마음을 들킨 줄도 모르는 여인들은 온천수를 요리조리 끼얹는다. 그 모습이 천진스럽다.

호텔 뒤란에는 오붓한 노천탕이 있다. 어슴푸레한 새벽, 산 밑의 옹달샘 같은 온천수는 몸과 마음을 달보드레하게 휘감는다. 중년 여인들 중에 20대쯤 되어 보이는 앳된 처녀가 많은 닭 중의 한 마리 학鶴처럼 눈에 띈다. 그녀는 영락없이 르누아르 그림 속의 소녀 같다. 온천 수증기와 새벽 이내로 몽몽한 노천탕 자연석에 걸터앉은 선녀다. 갓 태어난 연둣빛 이파리의 야들야들한 결에 눈이 가듯, 그쪽으로 자꾸 눈이 간다. '나처럼 숨은 쉴까?' 뒷산 숲에서 새벽바람과 어울려 부르는 새들의 노래가 온천수 위에 팔분음표처럼 구른다. 그 멜로디는 그녀를 더욱 신비 속으로 이끈다. 그녀가 그토록 아름다운 것은 상큼한 멜로디에 물들었기 때문일까.

그녀가 얼핏 듣기에 옆의 동행인과 일본어로 귓속말하는 걸 보면,

일본 사람인 듯하다. 그녀는 몸태만 고운 것이 아니다. 겉모양 못지않게 속도 고운 것 같다. 탕 안에 왁자하던 여인들이 모두 빠져나간 후였다. 자신이 사용한 앉을깨와 바가지는 물론이고, 다른 이들이 사용하고 정리하지 않은 것까지 씻어서 제자리에 포개두고 나간다. 제가 할 일인 것처럼, 물이 흐르듯 자연스럽다. 낯꽃도 밝다. '아! 일본인의 어릴 때부터 체화된 공중도덕이 바로 이런 것이구나.' 여느 젊은이들 같으면 남들이 목욕하며 사용한 도구를 맨손으로 씻어 정리하는 일이 쉽지 않을 것이다.

일본에서는 2차 세계대전 패전 후 국민적인 의식운동을 대대적으로 전개했다고 한다. '오아시스 운동'이다. 오하이오 고자이마스(아침 인사), 아리가또 고자이마스(감사합니다.), 시쯔레이시마스(실례합니다.), 스미마셍(미안합니다.). 이 네 가지를 온 국민이 가정에서 어릴 때부터 기초교육으로 배우고 익혀서 타인에 대한 배려, 양보, 친절이 몸에 밴 것이다. 유대인 어머니들이 자녀들에게 어릴 때부터『탈무드』를 읽어주어 신앙심을 길러주듯이. 그래서 언제 어디서든지 몸속에 체화된 예절이 툭툭 튀어나오는 것이다, 오늘 마음자리가 넓은 그 아가씨처럼.

물론 그곳에는 탕 안에서 수영하는 어른도, 물장구치는 아이도 없다. 옆 사람에게 물 한 방울도 튀기지 않는다. 예절, 그렇게 되기까지는 수없이 많은 훈육은 물론, 무엇보다도 부모들의 솔선수범이 따랐을 것이다. 그것이 당대뿐 아니라 자손 대대로 이어졌기에 오늘날 세계에서 예절 바른 나라가 된 것 아닐까 싶다.

우리는 늘 '요즘 아이들은 버릇이 없다.'라고 아이들에게 그 책임을 돌려버린다. 요즘 아이들에게 우리 중에 누구도 자유로울 수 없다. 그 요즘 아이들이 누구를 보고 배웠을까. 부모의 선행先行이 따르지 않고는 아이들에게 예절은 몸에 배지 않을 것이다.

동방예의지국이라는 대명사를 달고 반만년의 역사를 자랑하는 우리나라는 일본의 오아시스 운동에 예의지국 자리를 내어준 것은 아닐까. 돌아보면 우리나라도 '새마을 운동'으로 배고픈 터널을 잘 통과했고, '아나바다 운동'으로 서로 다독이며 어려운 살림을 잘 꾸려왔다. 또 '금 모으기 운동'으로 국가부도의 위기도 잘 넘어온 민족이다. 요즘 들어서 일부 부도덕한 사람들의 도를 넘는 이기심으로 매체가 떠들썩하다. 그러나 대부분의 서민들은 일본 사람 못지않게 예절 반듯하며 검소하게 살아간다.

옛말에 농사와 자식은 하루아침에 이루는 것이 아니라고 했다. 저력이 충분한 요즘 우리 아이들이다. 아이들 탓만 하지 말고, 부모들이 칭찬과 솔선수범으로 잘 키워보면 어떨까 싶다. '모든 이가 스승이고, 모든 곳이 학교'라더니, 오래되고 아담한 온천장에서 스승과 학교를 동시에 만났다.

봉무리 쪼꼬미

　인형 같은 빨간 발목에는 '쪼꼬미'라는 이름표가 붙어있다. 큰딸이 임신 중에 작고 귀여운 아기라는 뜻으로 붙여준 태명胎名이다. 2.65kg의 생명체, 태명대로 쪼꼬맣게 태어났다.

　생후 65일 되는 아이의 두상이 흡사 재래종 통밤 같다. 이른 봄, 봉무리에 돋아난 제비꽃 한 송이에 온 가족이 꽃잎 속으로 빠져든다.

　꽃샘바람이 나목裸木의 밑동을 흔들어 깨우던 2월이었다. 제비꽃 위의 이슬방울 같은 손녀가 내게로 왔다. 큰딸의 가지에서 돋아난 두 번째 새순이 신생아실에서 꼬물거린다.

　오산 하늘고래산후조리원 영아실 앞이다. 나는 한동안 석고상이 되었다. 하얀 싸개에 누에고치처럼 돌돌 말려있는 아이. 빨간 얼굴만 빼꼼히 내놓고 희미한 초점으로 허공을 빤히 쳐다본다. 우주 만물의 빛과 소리에 눈과 귀를 맞추는 것인가? 둘째 딸의 아이까지 세 번째이지만, 손주라는 존재는 새로 대할 때마다 신비스럽다. 아기들 향내도 각각 다른 것 같다. 쪼꼬미에게서는 달보드레한 유과사탕 향기가 난다.

광활한 우주에 하늘과 땅을 펼치고, 심혈을 기울여 빚어낸 이 작은 생명체에서 보이지 않는 손이 느껴진다. 그 손의 주인 또한 내 등 뒤에서 함께 들여다보며, 잘 빚은 자신의 수작秀作에 흡족한 미소를 짓는 것 같다.

깻잎만 한 얼굴에 눈, 코, 귀, 입을 반듯하게 잘도 심어놓았다. 연갈색 머리카락은 제법 자라서 아직 가누지 못하는 목에 한 치쯤 내려왔다. 얼굴의 거의 반을 차지하는 넓은 이마에는 완두콩 한 홉은 좋이 심을 수 있을 것 같다.

눈썹은 눈꼬리 위까지가 제자리인 양 갈색 색연필로 그린 듯하다. 약간 소복한 눈두덩은 오히려 당차게 보인다. 세상 모든 빛깔을 다 녹여 섞은 듯 까만 눈은 잘 익은 머루알 같다. 그 눈을 감실거리며 소리없이 함박웃음을 지을 때, 큰딸 부부는 풀무 불같은 행복의 도가니 속으로 빠져들곤 한다. 밤새 젖을 먹이고 기저귀 갈아주느라 쪽잠을 자던 큰딸의 피로는 순식간에 날아간 듯하다. 아이는 벌써 이렇게 '은혜 갚는 중'이다.

그다지 높지 않은 콧대는 수더분하고 한국적인 정감이 배어난다. 갸름해야 할 턱 선까지 파묻어버린 탱탱한 양 볼은 흡사 잘 익은 수밀도水蜜桃 같다. 입술은 마치 빨간 팬지 꽃잎 두 장을 맞물린 듯하다. 그 꽃잎을 오물거리며 젖을 빨아 먹는 모습이 참 앙증맞다.

두 귀는 유난히 옴막하다. 예부터 그런 귀는 잘 산다고 했는데, 큰 딸네 부富는 쪼꼬미가 쪽박귀에 가득 담고 온 것 같다. 거기다가 귓불도 살이 도톰하여 귀티까지 넘친다. 큰딸이 불혹의 나이에 낳은 늦둥이로 인해서 용인 봉무리에 대박이 터졌다.

봄비를 데려오는 바람에는 산천의 나무들과 새순들의 숨 색이 묻어있다. 이른 봄에 찾아온 이 아이의 머리카락과 눈망울에서도 그 담록색 말간 진액이 뚝뚝 듣는 듯하다. 바라보는 내게도 녹색 향이 배었을까. 내 후줄근한 옷섶에서 연초록 향기가 몽몽하게 핀다.

쪼꼬미는 제비꽃, 애기똥풀꽃을 데리고 왔다. 아이와 풀꽃은 닮은 구석이 참 많다. 밭둑에 피어난 제비꽃을 내려다볼 때처럼 아이와 눈을 맞추는데, 뻑뻑하던 내 눈에서 눈물이 핑그르르 돈다. 전인미답前人未踏, 눈밭 같은 손녀 앞에서 나는 창조자에게 그저 두 손을 모은다.

오늘은 보름 동안의 산후조리원 생활을 마치고 아이가 봉무리 집으로 돌아오는 날이다. 마당에 홍매화가 봉오리를 벙근 듯 온 집안이 향기롭다. 아이도 집에 온 것을 아는지 쥐눈이콩만 한 눈동자를 이리저리 굴린다. 아직 보이지는 않겠지만, 귀는 다 듣는 듯하다. 봉무리의 바람 소리와 새 소리와 하늘의 새털구름 비비는 소리까지….

신생아 목욕시키는 일이 얼마 만인가. 요즘 젊은 엄마들은 싱크대를 이용하여 아이를 씻긴다고 한다. 방바닥에 수건 펴고 하던 내 방법을 버리고, 나도 그렇게 해본다. 과연 무릎을 구부리지 않고도 목욕시키는 일이 훨씬 수월하다. '그래, 젊은이들 생각이 낫구나.' 연장자의 경험만이 최고라고 우길 일이 아닌 것 같다. 함지박에 온수를 받아 야들야들한 새순을 물에 담근다. 아이는 엄마 자궁 속의 양수라도 만난 듯 얼굴이 해낙낙하다. 쪼꼬미가 살아갈 미래의 세상도 양수 속처럼 늘 평화롭기를 기원해본다.

오래전, 내가 딸들을 낳아 씻기던 때가 흑백 사진처럼 한 장씩 떠오른다. 불볕 나는 여름엔 고무 대야에 물을 담아 마당에 놓으면 따끈하게 데워졌다. 물이 귀한 거문도와 돌산 섬에서 생활할 때는 주로 빗물을 받아서 그리했다. 딸들은 어린 시절, 나무와 푸성귀와 풀꽃처럼 빗물로 자랐다. 그래서 딸들의 개성이 여름 소나기처럼 모두 시원스러운지 모르겠다.

봉무리 풀꽃으로 피어난 새 얼굴, 목욕하고 엄마 젖을 이마에 땀이 배도록 힘껏 빤다. 연둣빛 새순이 어미의 가지 끝에 반짝인다. 수액樹液 같은 젖 몇 모금으로 섬진강 다슬기만 한 배를 채우고 잠이 든다. 아기의 숨소리에서 잘 익은 수밀도 향기가 묻어난다. 봉무리의 햇빛, 바람, 빗방울과 조곤조곤 잘 지내는 쪼꼬미 꽃. 온 가족은 요즘 그 꽃향기에 중독되어가고 있다.

조림 냄비 속의 장례

조림 냄비 속에서 장례를 치르는 갈치다. 석회석처럼 허연 눈알이 허공을 쏘아본다. 한 점 집으러 갔던 젓가락이 순간 멈칫한다. 차마 건드리지 못한다. 망설이던 젓가락은 갈치 밑에 칠성판처럼 깔려 있는 두툼한 무를 지목한다. 한 조각을 겨우 끄집어낸다.

수원 지동 못골시장 어물전이다. 물찬 은갈치들이 좌판에 키를 맞춰 한 모둠씩 누워있다. 하나같이 기생오라비 같은 몸매들이다. 아저씨는 시장통이 들썩이도록 외친다. 제주 앞바다에서 어제 낚은 것을 직송해왔단다. 은갈치는 머리부터 실 꼬리까지 번질번질하다. 손으로 만지면 은가루가 묻어난다.

오래전 거문도에서 생활할 때다. 가을밤이면 거문도 앞바다가 갈치배의 집어등불빛으로 대낮처럼 환했다. 밤바다에 펼쳐진 불빛 행렬이 철썩이는 파도소리와 함께 장관이었다.

여기 좌판에 누워있는 제주 은갈치도 그렇게 낚아왔을 것이다. 한 모둠 세 마리를 다듬지 말고 통째로 담아달라고 했다, 갈치조림에는 머리와 꼬리까지 다 들어가야 제맛이 우러난다며. 입담 좋은 아저씨는 일감을 덜어준 답례인지, 갈치요리를 제대로 할 줄 아는 아줌마라며 말 반찬까지 푸지게 담아준다.

갈치는 칼처럼 생겼다 해서 도어刀魚, 또는 칼치라고도 부른단다. 거기다가 금속성이 강한 은백색을 띠고 있으니 영락없이 날이 시퍼런 한 자루의 장검 같다. 두툼한 송판 도마 위에 칼치를 올려놓고 다듬는다. 내 손에 쥔 묵직한 식칼과 장검 같은 칼치가 한판 명승부를 시작한다.

식칼이 먼저 칼치의 가슴지느러미를 제압한다. 웬일로 칼치는 순순히 가슴을 내어준다. 내친김에 등마루를 길게 덮고있는 등지느러미를 식칼 끝으로 죽 긋는다. 다음으로 은백색 비늘도 긁어낸다. 그때까지도 식칼이 일방적인 우세였다. 그런데 기다란 입 부분을 잡고 목을 베려고 칼자루에 힘을 주는 순간, 나도 모르게 '악!' 소리를 질렀다. 왼손 검지 끝에서 피가 흐르고 있다.

죽은 줄 알았는데, 돌출한 아래턱에 솟은 갈고리 모양의 이빨이 순식간에 손가락을 할퀸 것이다. 43년 주부 9단이라는 자부심을 믿고 방심한 것 같다. 갈치 이빨의 위력은 사나 죽으나 매한가지인 것을 어디 한두 번 경험했을까. 운전도 초보 때보다는 누구든지 숙달되었을 때 사고를 더 내지 않던가. 숨진 칼치에게 핏방울까지 수업료로 바치며 삶의 지혜를 다시 배운다.

쩍 벌린 입안에는 큰 낚싯바늘도 앙칼지게 박혀 있다. 갈치는 이 낚싯바늘에 매달려 최후를 맞았을 것이다. 숨이 멎는 절박한 순간에도 유리알 같은 그 눈에 비쳤을 하늘과 파도가 식칼 끝에 아른거린다. 죽어서도 힘을 다해 내 검지를 할퀸 갈치의 억울한 속내를 알 것 같다. 우주의 섭리를 다 깨친 듯한 사람도 자신의 죽음을 긍정적으로 받아들이는 과정은 쉽지 않다. 하물며 우주 같은 바닷속을 마음껏 유영하던 갈치인데….

두 칼의 싸움은 처음엔 식칼이 승기를 잡는 듯했다. 그러나 내 쪽에서 먼저 피를 흘렸으니, 이쯤 되면 판정패다. 하지만 여기서 포기하고 갈치를 제주 앞바다로 되돌릴 수는 없지 않은가? 갈치의 이빨에 찔린 검지를 밴드로 싸매고 다시 공격한다.

갈치를 도마에 놓은 채 오른손으로만 갈치의 목을 인정사정없이 내리쳤다. 베어낸 머리 위쪽 가장자리에 두 눈이 또렷하다. 눈알이 움직이는 듯 반짝인다. 나를 향한 원망의 눈빛이 역력하다. 이번에는 은빛 선명한 장검도 힘 한 번 쓰지 못하고 목이 베였다. 온기가 남아 있을 것 같은 갈치의 검붉은 피가 도마에 주르르 쏟아진다. 긁어낸 내장에는 갈치가 평온한 일상일 때 끼니거리였을 멸치와 꼴뚜기가 아직 삭지 않은 채 들어있다.

나는 지금 무슨 몰강스런 짓을 한 것일까. 이미 죽은 갈치의 목을 일말의 가책도 없이 댕강 베었다. 대단한 역적죄도 짓지 않은 한 생명이 두 번 죽은 것이다. 내 항차 어떤 권한으로 천추의 한이 맺힌다는 부관참시剖棺斬屍를 했을까?

부관참시라면 조선 시대 10대 임금, 천하의 요부 장녹수의 치마폭에 놀던 연산군을 떠올리게 된다. 그는 아버지 성종의 후궁인 숙의 정씨와 숙의 엄씨를 자기 손으로 때려죽여 산야에 버렸다고 한다. 그 후궁들의 모함으로 자신의 생모 윤씨가 폐비되어 내쫓겨 사사賜死되었다고 해서다. 그러고도 분이 풀리지 않은 연산군은 그 후에 갑자사화를 일으킨다. 생모인 폐비 윤씨의 사사에 관여한 훈신 한치형, 한명회, 정창손, 어세겸, 심회 등의 무덤을 파헤쳐 시신의 목을 베는 포악한 일을 저질렀다.

오늘 도마 위에 죽은 칼치를 누이고 토막내고 내장을 긁어내고 목을 벤 짓은, 연산의 포악과 다르지 않다. 도마 앞에 설 때면 온갖 식자재들에게 사죄의 기도를 드려야 하지 않을까?

황소갈비

한우 갈비가 방금 도살한 듯 선홍색이다. 납작납작한 뼈에 붙은 살덩이가 파르르 떤다. 사람에게 더없이 요긴한 일손이 되어주던 소의 분신이다. 어쩌다가 먹고 먹히는 관계가 되었을까.

며칠 전, 한우 갈비를 손질했다. 갈비찜을 하려고 찬물에 담가 핏물을 우려냈다. 그런데 수년 전, 덕수궁 이중섭 그림 전시회에서 본 「황소」가 핏물 위에 서려 있다.

그 소는 등뼈와 갈비뼈, 엉치뼈와 다리뼈가 환히 드러나 있었다. 근육도 살도 오롯이 발라낸 듯한 처참한 몰골이었다. 코를 꿴 고삐도 등을 짓누르는 멍에도 없었다. 자신의 잇속만 챙기는 주인의 자드락밭에서 쟁기와 멍에를 벗어던지고 방금 탈출이라도 했던 걸까? 그런데 소는 전혀 자유로워 보이지 않았다. 잔뜩 골이 나서 어쩔 줄 모르고 펄펄 뛰고 있었다. 우주라도 한 판 들이받으려는 듯, 흡사 너 죽고 나 죽자는 기세였다. 양 뿔은 곧추세워 힘이 빵빵했다. 마치 쩍 벌린 호랑이의 송곳니 같았다. 그 뿔에 한 번 받치면 천하장사라도 나가떨어질 듯했다.

소의 머리는 좌측으로 완전히 기울었고, 제풀에 지쳐 쓰러질 것 같았다. 몸통은 분이 나서 어쩔 줄을 모르는데, 누군가를 응시하는 눈망울은 옹달샘처럼 맑았다. 그 눈에서는 금방이라도 눈물이 주르륵 쏟아질 듯 어렸다. 펄펄 뛰는 몸통과는 다르게 두 눈에서 악의라고는 찾아볼 수 없었다. 하지만 벌름거리는 콧구멍에서는 홧홧한 열기가 나오는 듯했다.

황소는 무엇 때문에 그토록 분이 났을까. 훌쭉한 뱃가죽 아래에 생식기 한 토막이 속초 앞바다 등대처럼 발갛게 솟구쳤다. 그리고는 등을 잔뜩 웅크려 앞다리에 온 힘을 모았다. 꼬리는 똘똘 말아 올려붙였고, 꼬리 끝부분의 털이 화가 난 듯 가닥가닥 뒤엉켜서 누구라도 옆에 오면 냅다 후려칠 것 같았다. 배가 부르고 평안할 때는 축 늘어뜨려 파리나 모기를 쫓았을 꼬리다.

굶주리고 일에 찌들어서 삐쩍 마른 몸은 화가 나있었지만, 머리 쪽 영혼만은 명경지수였을까? 머리와 몸통의 생각이 하나되지 못하고 갈등하는 소였다. 머릿속 이성을 따라주지 못하고 몸이 먼저 설레발치는 것은 우리 사람만이 아닌 듯하다. 어쩌면 순조롭지 못한 자신의 삶에게 반항하는 한 인간, 황소는 다름 아닌 우리들의 화상이 아닐까 싶다.

지금 들통에 담겨있는 토막 난 갈비뼈의 임자는 어떤 소였을까. 그리고 등심, 안심, 우둔살, 양지, 사태 등 그 많은 신체 부위들은 모두 어디로 갔을까? 집채만 한 몸뚱이가 포정해우庖丁解牛 같은 도한이의 칼끝에서 가리가리 나뉘어 흩어졌을 것이다. 그리고는 사람들의 입맛에 맞는 요리로 변했을 것이고. 지금쯤 그들은 누군가의 밥상에서 아낌없이 보시하고 있을 것이다.

시공을 넘어 내게로 온 임자를 알 수 없는 갈비뼈다. 나와 전생에 무슨 인연이 닿았을까. 토막 난 채로 수많은 문전을 지나 하필이면 우리 집으로 왔을까. 그리고 지금 하소연하듯이 핏물을 쏟아내고 있다.

소만도 못한 사람에게 붙잡힌 소는 노예처럼 죽도록 일만 했을 터. 일생토록 오직 사람을 위해서 일하다가 토사구팽兔死狗烹, 마지막에는 사람에게 먹힌다. 소는 다른 동물에 비해서 덩치는 크지만, 먹이 사슬의 자리는 매우 낮다. 고단한 일과에도 기름진 끼니 한 구유 얻어먹지 못한다. 오직 풀잎만이 수많은 끼니의 전부다. 소의 눈이 옹달샘처럼 맑은 것은, 별빛을 우러르던 초원의 풀 때문인지 모르겠다.

숨을 멈춘 소의 영혼이 여명처럼 우러나온다. 한나절이 지나도록 벌겋다. 흐르는 핏물의 입자에는 이중섭 화가의 붉은 한이 촘촘히 박혀있을 것 같다. 최문희 작가는 그녀의 작품 『이중섭』에서, 그가 평생 주장했던 주제는 성誠이었다고 한다. 황소의 일생도 한마디로 하면 誠이 아닐까 싶다. 어쩌면 이 말은 사람보다도 소에게 더 어울릴 것 같다. 소는 아무리 고단해도 어떤 경우에도 주인의 요구에 한 번도 거역하지 않는다. 심지어 도살장에 가는 길마저도 뚜벅뚜벅 따라나선다, 자연의 품에 드는 길이 오직 그길 뿐임을 아는 것처럼. 흡사죽음을 초월한 성자 같다. 창조자의 소환에 소처럼 묵묵히 따라나설사람이 세상에 몇이나 될까.

긴 시간 우려내서 허여멀건 갈비에 갖은 양념으로 두껍게 옷을 입힌다, 안쓰러운 나의 속내를 감추기라도 하듯이. 황소의 갈비는 지난날 등마루가 벗겨지도록 짊어졌던 멍에의 고통을 오롯이 놓아버렸다. 그리고 마지막 보시를 위해서 옷깃을 여민다. 뿔뿔이 흩어진 몸뚱이 중에 갈비 몇 조각이 가마솥 안에서 면벽한다.

아궁이에 참나무 장작불을 넣는다. 푸른 불꽃이 일렁이는 아궁이 앞에서 워낭소리를 듣는다. 함평 대실의 닷 마지기 배미에서 아스라하게 들리던 그 소리….

사기사발의 보시

　사기사발 일곱 자매가 비좁은 그릇장에 포갬포갬 앉아 있다. 아이들은 15년 전, 수원 정자시장에서 열이 한 죽이 되어 내게로 왔다. 그런데 셋은 먼저 흙으로 갔다. 한날 태어난 쌍둥이도 먼저 가고 나중 가듯이, 셋의 수명은 다른 일곱에 비해서 유난히 짧았다.

　몸통의 안팎은 뽀얀 쌀뜨물 색으로 눈부시지 않고 자애롭다. 우리는 난전 같은 시장에서 인연이 되어 갑과 을의 경계를 초월하여, 동등한 생명적 관계가 되었다. 사발을 빚어낸 도공은 물레를 차면서 우주 같은 어머니의 자궁이라도 생각했을까? 둥그런 속은 깊숙하고 가슴은 넓찍해서 도량 넓은 어머니 같다. 보릿고개에서도 자신의 주린 배보다는 동기간과 이웃을 먼저 챙기던 어머니의 보름달 같던 마음. 흠결 하나 없이 희고 둥근 자태에서 도공의 장인다운 얼이 묻어난다.

　시울은 가느스름한 연갈색 선으로 둘러져 있다. 초가 마당의 키 낮은 울타리처럼 시늉만 그렸다. 하지만 그 선은 분명한 의미를 내포하고 있는 듯하다. 아무리 더 담아주고 싶어도 과유불급過猶不及, 거기까지만 담으라는 뜻이 아닐까? 그렇다. 제아무리 구미를 당기는 음식이라도 입이 절제하지 못하면, 배에서는 곧바로 탈을 불러들인다. 입과 배의 적정한 타협점을 모르는 우매한 인간의 속성을 빤히 들여다본 도공이다.

사기사발에는 도공의 알땀이 세포마다 배어있다. 이 세포는 점토나 사토에서 비롯된다. 도공은 고품질의 흙을 골라서 곱게 빻는다. 예전의 어머니들이 떡을 할 때 절구통에 쌀을 빻아 채로 내리듯, 빻은 흙으로 몽근 가루를 내린다. 그리고는 가루를 물에 침전시켜 앙금을 채취하여 그늘에서 보송하게 말린다. 마치 가을에 어머니가 도토리 가루 내는 것 마냥.

도공은 정갈한 마음으로 미세한 가루를 반죽하여 사발의 형태를 빚어냈을 것이다. 이때 칼날 같은 눈빛으로 밋밋한 몸통 위에 음각으로 매화 한 송이 그려 넣었을 것이고, 다시 그늘에서 촉촉한 몸을 말린 사발, 그다음이 첫 고비이다. 섭씨 700~800도의 가마로 초벌구이를 한다.

가마에서 나와 한숨 돌리고 나면 흙의 거친 질감을 감추기 위해서 엷은 막을 씌우는 성형을 한다. 다름 아닌 유약을 바르는데, 사실 그것은 몸 전체로 숨을 쉬는 사발의 숨길을 틀어막는 일이 아닌가? 도공도 사발도 이 과정은 고통스러울 것 같다. 오직 사람의 선호를 맞추기 위해서 분신 같은 사발의 숨길을 막는 일이라니.

마지막으로 두 번째 고난의 길인 섭씨 1,300도의 불가마에서 하얀 거를 해야 한다. 이때 도공은 도자기 만드는 과정에서 가장 핵심인 불 조절에 숨을 죽인다. 간이 딱 맞은 불맛으로 잘 구워낸 도자기를 손에 든 도공은 그제야 허리를 펼 것이다. 마치 오래된 산삼을 캐낸 심마니 마음 아닐까? 사발이라는 존재의 탄생, 그것은 사람 하나 태어나는 것과 비등比等하지 않은가. 영장이라는 사람과 동등한 생명체로 대접받아야 마땅할 것 같다.

하얀거를 마친 얼굴은 산골 처녀처럼 청초하고 풋풋하다. 울타리에 대롱거리는 상큼한 오이 향이 날 것 같다. 옆구리에는 보일 듯 말 듯 아주 작은 매화 한 송이. 참새 발 같은 매화 가지째 꺾어서 살포시 꽂았다. 도공의 미적 감각은 여기에도 돋보인다. 전인미답의 눈밭 같은 가슴에 꽂은 앙증맞은 브로치 아닌가. 고가의 사발은 아니지만, 도공의 강철 같은 모성이 창조해낸 걸작이다. 적어도 나에게는.

단아한 그 모습은, 고향 불갑산 아래 초가에 살던 순옥 언니 같다. 외동딸인 그녀는 넉넉잖은 살림이지만, 그녀 어머니의 남다른 솜씨로 입성은 늘 세련되고 깔끔했다. 얼굴도 시골아이답지 않게 희었다. 한여름 땡볕에 종일 두어도 그을지 않는 사기사발 같았다.

사발의 밑면 아래에는 가느다란 굽이 둘러 있다. 그것은 있는 듯 없는 듯 사발의 무게를 둥글게 감싸서 받치고 있다. 듬직하다. 삶이 팍팍

할 때, 기댈 어깨 한쪽 조용히 내어주는 동행이 있다면 얼마나 위안이 되던가. 나는 다른 사람에게 든든한 위안이 되어준 적이 한 번이라도 있을까. 늦게나마 주변을 살피게 하는 스승 같은 사발이다.

사시사철 별식을 담아내는 사발의 마술은, 어머니의 마음 같은 촉수에서 비롯된 것일까? 가족들의 굴풋한 배를 미리 감지하고 때맞춰 후딱 만들어낸다. 보기만 해도 배가 부른 한 사발의 푸짐한 즉석 요리. 봄에는 갖가지 봄나물 비빔밥, 여름에는 얼음 띄운 콩국수, 가을에는 담백한 칼국수, 겨울에는 따끈한 떡국을 담아서 앞앞이 안겨준다. 장시간 백두대간 산 능선을 타고 온 남편에게는 텁텁한 농주를 사발에 남실하게 담아내기도 한다.

그런데 이상하다. 다재다능한 사발의 어느 구석에도 유명한 도자기 회사나 도공의 이니셜이 없다. 답지 않은 도자기에 자신의 흔적을 요란하게 남기는 자들에 비하면 얼마나 깔밋한지. 순수한 그 모습은 난전 같은 정자시장 그릇 가게에서 이놈 저놈 재 볼 것도 없이 내 마음을 휘어잡았다. '그래, 바로 이 사발이야.'

꾸밈없이 수수한 사발은 오래될수록 눈익고 손익어 낫낫하다. 그래서 요즘도 가족 모임이나 손님 대접할 때에 가장 많이 사용한다. 유행도 아랑곳하지 않고, 20여 년 동안 함께하는 곤색 치마 정장 같다. 그 옷은 지금도 초등학교 조회할 때 맨 앞에 선 급장처럼 옷장의 맨 앞에 걸려 있다. 예를 갖춰야 하는 어떤 자리에든지 기꺼이 나의 날개가 되어준다. 이 날개를 걸치면, 언제 어디서든지 친정에 온 듯 몸과 마음이 편안하다. 마음에 드는 옷은 값의 고하를 떠나서, 입을수록 입는 이의 성정이 배어드는 것 같다. 결국엔 몸의 일부가 되어버린다. 그릇도 그렇다.

생물이든 무생물이든 생명의 유한성을 뛰어넘을 수는 없을까? 열 개, 한 죽의 사발을 고이 건사하지 못하고, 아쉽게도 셋은 먼저 흙으로 보냈다. 주부 40여 년이면 9단도 넘으련만, 설거지하다가 애먼 사발의 명을 단축해버렸다. 아니다. 어쩌면 골방에 갇힌 소유所有에서 끝없는 자연의 바다에 하나씩 방생한 것이다. 부지중에 자비를 베푼 주부 10단이라고 자위해본다.

물, 불, 흙, 바람, 그리고 도공의 땀으로 이루어진 사기사발이 시나브로 땅 보탬이가 되듯이, 나 또한 깨어지면 흙으로 돌아가겠지. 깨어지는 그 순간이, 불나방처럼 살아온 내가 깨닫는 찰나가 될 것이고. 그 찰나를 위해서 오늘 저녁에는 사기사발에 두릅, 냉이, 달래, 취나물로 농익은 봄을 섞어 비벼야겠다.

막둥아, 국시 먹을래?

어릴 적의 어느 장날이다. 내게는 삭지 않은 흰 뼈 같은 기억들이 있다. 아릿한 기억들은 뜬금없이 물수제비처럼 떠오른다. 그것은 마중물 같은 회상을 통해서, 현상보다 더 생생하게 마음 찡한 눈물과 웃음이 섞여 나온다.

명절 같던 오일장날은 늘 기다림의 연속이었다. 그렇게 장날을 기다린 것은 입에 넣고 십 리를 걸어도 녹지 않는다는 십리사탕 때문도 아니고, 단물이 줄줄 새는 호떡 때문도 아니다. 오직 장터국시 탓이다.

어머니는 북적이는 사람 틈에서 나를 잃어버릴새라 손에 땀이 배도록 붙잡고 다녔다. 어머니의 질끈 잡아맨 무명치맛귀에서는 바람 소리가 쌩쌩 일었다. 우리 모녀는 학교 운동장보다 넓은 장마당을 회오리바람처럼 훑었다. 여덟 살 짧은 내 보폭으로 따라가자니 고무신이 벗어지도록 뜀박질해야 되었다.

어머니는 무엇이든지 한 곳에서 그냥 사지 않고, 넓은 장터를 이 잡듯이 뒤졌다. 호미 한 자루 사려고 엇비슷한 농기구전을 몇 군데나 들여다보았다. 내 눈에는 똑같은 호미인데, 수 번을 쪼그려 앉았다가 일어서며 호미를 만지작거렸다. 새우젓 한 사발 사려고 또 한 바퀴, 등잔에 채울 석유 한 병 사려고 한 바퀴, 고무신 한 켤레 사려고 또 한 바퀴를 돌았다. 어머니는 흥정할 때, 시간이 들어도 웬만해선 한 발짝도 물러서지 않았다.

요즘 나도 시장에 가면 한 곳에서 흥정을 끝내지 못하고 발품깨나 들인다. 그러나 헛똑똑이이다. 정작 발바닥에 불이 날 즈음에는 흥정으로 밀고 당길 기운이 쏙 빠져버린다. 막판에는 물건을 꼼꼼히 살펴보지도 않고 낙찰을 보고, 흥정도 달라는 대로 하는 경우가 많다. 어머니의 끈기를 닮았어야 하는데…. 집에 와서 살펴보면 아쉬운 게 참 많다. 특히 오랫동안 벼르던 옷가지라도 구입할 경우에는 더욱 그렇다.

이른 아침을 먹고 나선 장터였지만 점심때가 이울도록 장보기는 끝나지 않았다. 장마당을 몇 바퀴 휘돌고 나니, 배는 고프고 다리는 풀려서 후들거렸다. 아무리 종종거려도 어머니의 잰걸음을 따라갈 수가 없었다. 그런 중에도 고소한 냄새가 낭자한 난전의 지짐이 판이 자꾸 눈길을 붙들었다. 그런데 어머니는 왜 그 맛난 냄새를 맡지 못했을까? 고소한 지짐이 냄새는 하필이면 내 코만 그토록 솔솔 따라왔는지. 발부리에 걸리는 애먼 돌멩이만 발끝이 아프도록 차댔다. 어머니는 그런 내 마음속을 몇 번이나 드나들었을까.

"막둥아, 국시 먹을래?"

귀가 번쩍 띄었다. 댓 자나 나온 입은 어느새 쏘옥 들어갔다. 해낙
낙해진 나를 데리고 어머니는 단골 국시집 천막으로 향했다. 장터 가
장자리에 천막이 줄줄이 쳐 있지만, 어머니는 굳이 단골 아주머니 천
막을 찾으려는지 마지막 한 바퀴를 더 돌았다. 그 순간은 걸음이 가
벼워서 돌멩이도 훌쩍 넘었고, 찾던 국시집 천막도 금방 보였다.

채반에 사리 지어 앉아 있는 윤기 나는 국수. 보기만 해도 쫄깃한
식감이 입안 가득했다. 국수사리를 솥뚜껑 같은 손으로 사기사발에
덥석 담고 멸치 국물 넉넉히 부어주던 아주머니. 그녀의 구릿빛 얼굴
에는 화사한 낯꽃이 피어 서분서분해 보였다. 그 옆에는 남편인 듯, 앞
치마를 두른 어글어글한 사내가 있었다. 커다란 체구에 달맞이꽃무늬
앞치마가 언밸런스하지만, 콧노래를 흥얼거리며 익숙하게 설거지를 해
내고 있었다. 바쁜 중에도 턱수염 검실검실한 그를 흐뭇이 쳐다보며,
희고 고른 잇속을 살풋 드러내던 여자의 살푸슴, 서른 중반쯤 되었을
까. 그녀의 미소는 한 평 천막 안에서 피어나는 아침 나팔꽃이었다.

우리 모녀는 삐걱거리는 나무걸상에 앉아 차례를 기다렸다. 메뉴는
고르고 말 것도 없다. 그저 장터국시 단 한 가지였다. '여기 둘이요.'
하면 주문 끝이었다.

기다리는 동안 먼저 먹고 있는 사람들의 표정을 구경하는 재미도

쏠쏠했다. 어떤 작업복 차림 아저씨는 근처에서 일하다가 늦은 점심 한 끼 때우는 듯하다. 이마에는 알땀이 송송 맺히고, 후루룩 성근지게 먹다가 인중까지 흘러내린 말간 콧물도 훌쩍 국시국물과 들이마신다. 옆자리 구레나룻 할배는 국수 가닥을 나무젓가락에 돌돌 감아서 입에 넣더니, 이가 성치 않은지 움질움질 조용히 먹는다. 그러다가 성이 차지 않는지 사발 째 들고 국물을 쭉 마시기도 한다. 마치 닷 마기 밭을 갈고 난 부사리가 쌀뜨물 통에 입을 푹 담그고 단숨에 쭉 들이키듯이…. 먹는 모습도 천차만별 각양각색이다.

드디어 우리 앞에 푸짐한 국시 두 사발이 나왔다. 멸치 국물에 국수 한 사리 담고, 쪽파 송송 썰어 띄운 것이 전부다. 곱게 채를 썬 계란 지단이나 애호박나물 같은 호사스런 고명은 흔적도 없다. 하지만 세상에서 그보다 더 맛난 국시는 전에도 후에도 먹어본 적이 없다. 한 사발의 국시국물 속에는 멸치의 골수에 배어 있는 각종 해조류의 맛이 우러나서 그토록 시원하고 쌈박했을까? 그런데 요즘 서근서근한 제주 무에 갖가지 해산물을 넣어 국시국물을 끓여보지만, 용을 써도 그때 그 맛을 낼 수 없다.

내일모레면 어버이날이다. 천국 생활 20년이 흐른 엄니, 지금도 기억하실까? 3일과 8일, 함평 문장 장날을. 8일 장날 하루 잠깐 소풍이라도 오시면 좋으련만. 솥뚜껑 아주머니네 천막에서 장터국시 한 사발 곱빼기로 사드리고 싶다.

탁주를 거르며

"폭폭, 보글보글, 폭포글, 뽁뽁, 뽀그르르."

항아리에서 이상한 소리가 나기 시작한다.

어렸을 적에 어깨너머로 보았던 술 담그는 모습을 그려가며 어머니의 발자국을 조심스레 따라가 본다. 직접 담그기는 처음이라서 소량의 재료들을 정확하게 챙겼다. 일단 성공하면 다음부터는 같은 비율로 늘릴 요량이다. 쌀 1kg을 불려서 고두밥을 쪘다. 누룩 가루 250g과 이스트 10g을 고두밥에 버무리고, 물 2리터에 밑술 반병까지 부어서 항아리에 자박하게 안치면 탁주 담그기 끝이다. 생각보다 어렵지 않다. 소소한 일이라도 처음 작정하고 시작하는 게 어려운 것 같다.

실내 온도 25℃를 유지하여 이틀이 지나면, 조용하던 항아리에서 뽀글뽀글 소리가 나기 시작한다. 시간이 갈수록 그 소리는 점점 커진다. 걸쭉해진 고두밥에서 수많은 기포가 바쁘게 솟았다가 지고, 다시

솟으며 소리를 낸다. 마치 장엄한 오케스트라 무대 앞에 선 것 같다. 세상에 어떤 가락이 이토록 맑고 흥겨울까. 그래서 탁주를 마시면 평소에 점잖던 사람도 흥이 나서 어깨를 절로 들썩이게 될까? 지금 항아리 속의 술 노래는 술을 진탕 마시고 흥얼거리는 사람의 혀 꼬부라진 노래가 아니다. 누구도 흉내 낼 수 없는 맑은 가락이다. 이 자그마한 항아리 안에 오스트리아의 '빈 필하모닉' 같은 악단이라도 들어있는 걸까. 이 연주는 사흘쯤 계속되다가 잿불처럼 시나브로 사그라진다. 세상에 영원한 것은 없으니.

막걸리 마니아인 남편은 손녀가 프라이팬의 핫케이크가 익기를 기다리듯, 항아리의 술이 익기만을 기다린다. 평소에는 샌님 같은데 뽀글거리는 술의 노래에 먼저 취한 듯, 달뜬 소년이 된다. 그는 서울 안국동까지 다니며 일명 '막걸리 대학'에서 주조수업을 받았다. 그렇지만 정작 술 담글 때는 구경꾼에 불과하다. 고두밥 하나 찔 줄도 모른다. 대체 그 학교 강사는 강의 시간에 무엇을 가르쳤으며, 남편은 무엇을 배워왔을까? 그의 도움을 포기하고, 수십 년 전의 실오라기 같은 기억을 더듬어가며 난생처음 술을 담가보았다.

지금 항아리 안에서는 어떤 장관이 펼쳐지고 있을까. 뽀글거리는 소리를 귀로만 듣다가 눈으로 보고 싶었다. 항아리를 둘렀던 담요를 벗겼다. 고두밥 안칠 때는 차갑던 항아리가 사흘 만에 따끈따끈해졌다. 항아리는 짱짱하던 고두밥을 품어서 낭창하게 삭이고 있었다. 그 모양새는 마치 어릴 때 먹어본 보리죽처럼 걸쭉하다. 한 숟가락 떠먹으면 건더기가 거칠게 씹힐 것 같다.

고두밥을 안치고, 발효될 때 숨을 쉴 수 있도록 항아리 입은 삼베로 덮었다. 삼베를 걷어내니, 술냄새가 훅 올라온다. 머리가 핑 돌고, 얼굴까지 화끈거려 취할 것 같다. 예전에 어머니도 술을 거를 때면 술간을 보려고 홀짝이다가 얼굴에 노을빛이 곱게 들곤 했다. '아따, 술이 잘 익어서 톡 쏜다. 잉?' 흡족해하시던 어머니의 모습이 선하다.

항아리 안에서 기포가 사라질 때쯤, 용수를 꽂으면 그 안에 노르스름한 맑은 물이 고인다. 그것을 떠낸 것이 청주이다. 나머지 건더기에 물을 주어가며 적당한 농도로 거르면 탁주가 된다. 탁주는 막걸리라고도 한다. 막걸리의 어원은 막·거·ㄹ·이(막걸이), 즉 막 거른 술로 방금 걸러 신선하다는 뜻과 마구 걸러 거칠다는 의미도 갖고 있다.

담근 지 여드레 만에 술을 거른다. 항아리 안에서 걸쭉하게 발효된 건더기 술이다. 꼬독꼬독하던 밥알이 푹 끓인 흰죽처럼 날깃날깃 풀어졌다. 짱짱하던 고두밥의 자존심은 다 어디로 갔을까. 남을 위해서 자신을 온전히 포기하는 성자다.

탁주는 고급스런 양주나 중국 술과는 다르게 그 이름이 서민의 애환만큼이나 다양하다. 탁배기, 탁바리, 백주, 회주, 대포, 왕대포 등, 그래서일까. 탁주라는 단어를 떠올리다 보면 도심 퇴근시간의 포장마차와 벼 베고 보리 베던 논두렁 밭두렁이 함께 낚여 올라온다. 원래 술이라는 것은 기쁠 때나 슬플 때에 마시게 된다. 기쁨은 배가시키고, 슬픔은 나누어 반감하는 효과를 내지 않던가. 마음이 시끄러울 때면 한 사발 쭉 마시고 싶다. 하지만 아직껏 술을 배우지 못한 미출이다.

특히 탁주는 서민들의 고단한 어깨를 나풀나풀 풀어주고, 허출한 배를 채워주고, 싸움 뒤끝도 정리해주기도 하는, 마치 품 넓은 동행 같다. 위아래 논 물꼬에서 밤새 물싸움을 하고도 아내가 진하게 걸러 낸 탁배기 한 사발 나누면 다시 이웃사촌이 되기도 했다. 그래서 우리 어머니들은 밀주 단속을 무섭게 하던 그 시절에도, 나뭇단 속에 술 단지를 숨겨가며 가정에서 탁주를 담갔던 것 같다.

함지에 쳇다리를 걸치고, 그위에 틈이 밴 채를 올려놓고 건더기 술을 조물조물 치댄다. 콩물 같은 탑탑한 탁주가 주르르 쏟아진다. 그리고 술지게미에서 마지막 짜낸 술로 밀가루를 반죽하여 찌면, 맛난 간식거리인 술떡이 된다. 청주에, 탁주에, 술떡까지. 그야말로 알뜰한 일거삼득이다.

우리는 한평생 잘 누리고도 흙으로 돌아가는 것을 못내 서러워한다. 그뿐이 아니다. 만물이 천년만년 제 것인 양 더 갖지 못해서 늘 안달이다. 그런데 단지에 담긴 고두밥은 짱짱하던 온몸이 곰삭아, 자신과는 전혀 무관한 술이 되고 술떡이 된다. 그럴 줄 알면서도 한 사흘 동안 마지막 찌끼까지 신나게 부른다. 얼마나 비우고 나면 이런 경지에 이르게 될까. 비움에서 얻어지는 채움이란 것이 이런 것일까.

제4부

점숙이

김찬병원 808호실

오늘 집으로 간다. 이 작은방에 그새 정이 든 것일까. 엊저녁까지만 해도 손주들한테 돌아간다는 생각에 마음이 설레었는데, 갑자기 더 있고 싶어진다. 무슨 변덕일까.

뜬금없이 찾아온 대상포진으로 입원했다. 고부유전이라도 된 것일까. 시어머님이 생전에 이 병으로 치료 시기를 놓쳐서 3년이나 고생하셨다. 그때 일이 생각나서 의사의 입원하라는 말에 망설이지 않고 냉큼 답했다. 결혼 후, 아니 생애 처음으로 입원이라는 명목으로 1주일간 혼자 있게 되었다.

진료 첫날은 둘째 사위가 동행했다. 사위는 코로나19 때문에 다인실은 위험하다며 비용이 만만치 않은데도 1인실을 고집했다. 내심 대상포진보다는 코로나19의 전염이 더욱 겁나던 차에 못 이기는 척 동의했다. 그렇게 해서 시작된 혼자만의 공간이다. 때가 때인 만큼 병원 측에선 가족도 면회를 금지했다. 아프긴 했지만 오는 이도 가는 이도 없이 철저하게 혼자만의 호사다. 식당 아주머니가 두툼한 마스크를 쓰고 시간 맞춰 끼니를 넣어주고, 간호사 역시 마스크와 안경까지 중무장하고 혈관주사를 꼽아주는 일 외에는 아무도 얼씬하지 않았다. 병실 창밖으로 지나가는 시간만이 내 모습이 한심한 듯 가끔 눈길을 주었다.

작은 이 방은 출입문 들어오면 바로 좌측에 화장실 겸 샤워실이다. 그리고 한걸음 들어서면 벽에 바투 붙여놓은 침대, 맞은편에는 텔레비전이 꾸어다 놓은 보릿자루처럼 앉아 있다. 미니 옷장과 수납장 그리고 1인실이라는 표시를 하듯이 푹신한 의자 둘과 미니 탁자가 창밑에 놓여 있다. 이 의자는 며칠동안 침대보다 더 많이 애용한 것 같다. 아침이면 의자에서 멀리 아파트 숲 틈새를 비집고 올라오는 일출을 보았다. 평소에도 일출과 일몰을 바라보면 삶의 묘약이라도 얻은 것처럼 평안했다. 이곳에서도 붉게 솟아오르는 해는 마음의 묵상을 모두 들어줄 것처럼 넉넉해 보였다. 자유의 세계는 저 먼 곳에 존재하는 종교적 피안이 아니라 바로 여기 나의 내면에서 펼쳐진다는 것을 조금 알게 되었다. 그래서 때로는 병상에 드러눕는 것도 수행의 하나라고 생각되었다.

TV 위 벽에는 하얗고 동그란 벽시계가 붙어 있다. 이 방에서 나 외에 살아 움직이는 유일한 친구다. 빨간 실오라기 같은 초침이 참 바지런히 달린다. 모든 게 다 죽은 듯이 엎드려 있는데 오로지 초침만이 생기가 넘친다. 베토벤의 터키 행진곡처럼 재깍재깍 경쾌하다. '나도 너처럼 싱싱하던 때가 있었지.' 하지만 시계는 이 방에 들어온 후에는 퇴원이란 단어를 모를 것이다. 이 좁은 공간에서 밤낮으로 나 같은 환자만 바라보고 있을 그 시계의 따분한 일상이 왠지 안됐다. 그래도 내색이 없다. 그저 묵묵히 갈 길을 간다.

끼니를 마칠 때마다 간호사가 알록달록한 알약 한 봉지를 사식처럼 넣어준다. 어렸을 때 장날이면 엄마 치마꼬리에 매달려 졸라대던 눈깔사탕 같은 빛깔이다. 그때의 사탕이려니 생각하며 한입에 털어 넣고 치료실로 향한다.

무슨 연유인지 몇 가지의 치료가 모두 층을 달리하고 있다. 아마도 갇혀 지내는 환자들에게 조금이라도 변화를 주기 위해서가 아닐까 싶다. 더구나 요즘은 코로나로 인하여 사회적 거리 두기 때문에 환자들이 가급적 엘리베이터를 타지 않고 계단으로 오르내린다. 5층에서 신경 시술을 받고, 3층에서 레이저 치료 등을 마치고 다시 8층 병실로 올라가면 다리가 팍팍하다. 그 후엔 항바이러스 수액과 신경 영양 수액을 교대로 맞으며 하루해를 넘긴다. 그동안 살아오면서 하루가 이렇게 길다고 느껴본 적이 없었던 것 같다. 병원 밖에서는 천 날이 하루 같았는데, 이곳에선 하루가 천 날 같다. 불면의 밤에는 온갖 생각이 그물 위의 멸치처럼 후드득후드득 튀어 오르기도 했다.

방울방울 떨어지는 수액을 바라보면 그 속에 어릴 적 단발머리인 내가 보이는가 하면, 단정한 교복을 입은 새침한 여학생도 보인다. 그런가 하면 사무실에서 유니폼을 입은 긴 머리 아가씨의 타자기 두드리는 소리가 소나기 쏟아지듯 한다. 이어서 살굿빛 영양제 수액 방울에서는 어린 딸들 넷이 고물고물 비친다. 그러고 보면 그동안 걸어온 길이 참 아스라하다.

밤새 이렇게 긴 여행할 때는 대상포진 바이러스와 협상이라도 했는지 등짝과 옆구리의 욱신거리던 통증이 조용하다. 그 협상이 좀 오래도록 유지되면 좋으련만. 변덕이 죽 끓듯 하는 얄미운 바이러스는 언제 약속했냐는 듯 금방 파기해버린다. 뻐근하고 욱신욱신 또 괴롭힌다. 대상포진 바이러스가 눈에 보인다면 머리끄덩이라도 한 줌 쥐어 뜯어 주고 싶다.

어떤 날은 수정처럼 똑똑 떨어지는 수액 방울이 문우들의 얼굴을 불러들인다. 강의실 창밖의 연초록 풍경이 쏟아져 들어오는가 하면, 진초록의 삼성산이 수액줄 속에 우뚝 서기도 한다. 운동장의 곱게 물든 단풍이 수액 방울에 맺히고, 함박눈송이가 탐스럽게 열리기도 한다. 거기에 문우들의 박장대소가 굴러떨어져 내 몸속으로 스민다. 이 모든 것들이 약보다 몇 갑절 효능 있는 엑기스가 되어 치료기간을 단축시켜 준 것 같다.

밤마다 욱신거리는 통증에 뒤척이며 잠 못 이룰 때가 많았다. 그러나 이 작은방에서 이레 동안의 생활이 내 생애에 영적으로는 가장 충만한 시간이었다. 앞만 보고 달리던 60여 년의 노정을 잠시 멈추고, 되짚어보는 좋은 기회였다. 길바닥에 줄줄 새던 정신 알갱이를 몇 자밤 줍기도 하는 옹골진 시간이었으니.

이번에 수리받은 내 육신의 유효기간은 언제까지일까.

큰언니

　나이 쉰에 속절없이 무너진 그녀였다, 팔 남매 자녀들을 고달픈 가지에 다문다문 매달고.

　세상은 온통 코로나19 바이러스로 갈피를 잡지 못하지만, 봄날은 여전히 왔다. 뒷산 휘파람새의 연둣빛 노래가 대상포진 후유증으로 물먹은 솜 같은 몸을 불러낸다. 미스터트롯 경연에서 불렀던 가수 임영웅의 「휘파람 소리」보다 더 감칠맛 난다. 소쿠리 같은 뒷산으로 몇 걸음 들었을 뿐인데, 우주의 입김 속에 든 듯 세상의 소음이 멀어지고 시끄러운 마음이 조용해진다. 걷기는 마음뿐 아니라 공간까지도 적멸의 기쁨으로 바꿔주는 마력이 있는 것 같다. 그래서 영혼의 무게까지도 느낄 수 있는지 모를 일이다.

　'생거진천 사거용인生居鎭川 死居龍仁'이라더니 용인의 산에는 크고 작은 산소가 많다. 이 말의 원래 뜻은 그게 아닌데도 사람들은 굳이 '사거용인'에 방점을 두는 듯하다. 이 말 속에는 조선 시대 어느 여인과 그녀의 효자아들 형제에 대한 사연이 깃들어 있다고 한다. 용인에 살던 한 여인이 아들 하나를 낳고 청상과부가 되었다. 그녀는 고단한 생활 속에서 절개를 지키지 못하고 충북 진천으로 재가했고, 거기서도 아들을 낳았다. 씨가 다른 용인과 진천의 두 아들은 어머니를 서로 모시려고 다투었다. 그러다가 두 아들은 어머니 살아생전엔 진천의 아들이 모시고, 사후에는 용인의 아들이 용인 땅에 봉분을 짓고 정성껏 돌보기로 했다는 이야기다. 자식들이 부모 섬기는 일을 서로 미루는 요즘 세태에선 쉽지 않은 일이다.

내가 사는 봉무리마을 뒷산은 해발 100여 미터 안팎으로 나지막하다. 능선을 따라 오솔길을 걷다 보면 양지바른 곳에 많은 무덤이 삶의 마침표처럼 점점이 박혀 있다. 그 속에서 한 줌 흙으로 변한 고인들의 성분은 다 같을 것인데, 묘비에 새긴 이름은 제각각이다. 죽은 자가 흙에 들며 겨우 이룬 깃털 같은 무소유 위에, 산 자들의 입맛대로 꾸역꾸역 올려놓은 소유의 표지판이 무슨 의미가 있을까.

저만치 묘역 가장자리에 산벚꽃이 솔바람에 하늘거린다. 흡사 어릴 적에 장다리꽃밭에 너울거리던 배추흰나비떼와 같다. 연한 장다리 줄기의 달차근하던 맛도 세월을 넘어 희미해진 미각을 건드린다. 제법 쌍쌍한 가문의 묘역인 듯, 널찍한 산자락 하나를 모두 차지했다.

지난가을에 본 광경이 놀라웠다. 그 묘역 주변을 다듬는데, 포클레인은 가장자리의 크고 작은 나무들을 사정없이 밀어젖혔다. 늦가을,

잎을 떨군 나무들은 한 해의 삶을 또 한 줄의 나이테로 그리다가 패잔병처럼 푹푹 쓰러졌다. 나무들은 무법자의 습격에 이유도 모른 채 한순간에 영토를 빼앗긴 것이다. 마치 청교도들에게 보금자리를 빼앗긴 인디언들 같다.

새봄이 돌아온 지금까지도 갈참나무와 오리목, 산벚나무들이 뿌리째 뽑히고 옆구리가 찢기고 우듬지는 부러진 채 누워있다. 미처 피할 수도 없이 당한 그 날의 참혹했던 상황을 짐작케 한다. 차라리 톱으로 깔끔하게 베어냈으면 좋으련만, 멀쩡한 나무들을 통째로 밀어넘긴 채 묘역만 비켜서 그대로 방치했다. 쓰러진 나무 정령들의 처절한 흐느낌이 능선까지 따라온다.

쓰러진 나무들 틈에 끼어있던 산벚나무 한 그루가 살아 있었던 것이다. 한국전쟁 때 시체가 산처럼 쌓인 전장에서 전우의 시신 밑에 엎드려 목숨을 건졌다는 사촌오빠 같다. 넘어진 산벚나무의 밑동은 장정의 팔뚝만 하다. 스무 살은 족히 되었을 것 같다. 사람 같으면 한참 청년 때가 아닌가. 옴싹 뽑혔는데 잔뿌리 두엇이 황토 속에 아슬아슬하게 묻혀있다. 두 가닥 뿌리를 덮은 모성 같은 흙의 온기로 숨을 간신히 잇대어 온 것이다. 자연은 경박스런 인간과는 다르다. 환경 탓을 하지 않는다. 잠시 있을 뿐인 생명이지만, 자신이 할 수 있는 일에 공을 지극히 들인다. 그래서 이 작은 벚꽃잎 하나에도 소우주의 비밀이 내재하는 것 아닐까?

산벚나무는 누워버렸지만, 천지 분간 못 하는 어린 가지들을 위해서 밑동은 얼마나 간절히 빌었을까. 죽어가는 어미의 간구를 들어준 듯, 쓰러진 가지는 곧게 서 있는 다른 나무들보다 더 많은 꽃등을 달았다. 온 산이 환하다. 꽃들은 어쩌면 젊은 산벚나무의 마지막 혼백인지도 모르겠다.

둥치도, 가지도 불치병 든 큰언니처럼 몸을 부렸지만, 꽃송이는 더욱 생광스럽다. 흰나비 같은 벚꽃들이 소곤거린다.

"엄마, 누워있어도 괜찮으니 그냥 숨만 멈추지 마세요."

육 남매 중 맏이였던 큰언니는 막내인 내가 태어나기도 전에 앞산 너머 동네로 시집갔다. 큰언니는 청양고추같이 매운 시집살이하며 일제 점령기와 한국전쟁 등 모진 세월을 살아냈다. 거의 매일 밀주 병을 끼고 사는 남편 시중까지 들어야 했으니 그 삶이 오죽했을까. 그의 아내로 살아가는 것은 또 다른 수행의 길이었으리라. 한 철 살다 갈 뿐인 매미 같은 인생인데, 느티나무 그늘에서 노래 한 번 목청껏 불러보지 못한 큰언니, 팔 남매 뒷바라지에 일개미처럼 낮도 밤도 없던 큰언니는 지천명을 앞두고 짚불처럼 스러져 갔다.

제삿날이면 조카들이 큰언니의 제사상 앞에 몸과 마음을 곡진히 모은다. 쓰러진 산벚나무 가지에서 하얗게 핀 꽃들이 참으로 야젓하다. 일본의 이큐선사―休禪師의 시가 떠오른다.

벚나무 가지를 / 부러뜨려 봐도 / 그 속엔 벚꽃이 없네. / 그러나 보라. 봄이 되면 / 얼마나 많은 / 벚꽃이 피는가.

점숙이

"이제 글눈은 떴응게, 핵교 그만 댕겨라."

단짝인 점숙이는 초등학교 4학년 겨울방학이 끝나며, 아버지의 한 마디에 짧은 학교생활을 접었다. 전후세대의 질긴 가난은 한 소녀에게서 배움의 기회를 옴싹 앗아갔다. 초등학교 졸업장이 열 식구의 끼니에 당장 보탬이 되어 줄 수는 없었으니.

용인의 봉배산 등산로 들머리에서 만난 돌배나무. 해말간 꽃잎들이 운동회 날 매스게임 하듯이 바람따라 눕다가 일어나곤 한다. 은은한 배꽃 향기에 가던 길을 멈추고, 꿀벌처럼 꽃들의 속살을 주책없이 기웃거린다. 그저 꽃을 들여다보기만 할 뿐인데, 돌배의 떫은 수액이 혀 밑에 도랑물처럼 고인다.

지난 늦가을에 이곳을 지날 때였다. 이 나무는 맹감만 한 돌배를 조랑조랑 달고 서 있었다. 크기는 아주 작지만 명색이 배라고, 모양은 일반 배를 쏙 빼닮았었다. 하나 따서 아삭 씹었는데, 떫은맛이 입안

구석구석 퍼졌다. 하지만 떫은 뒤끝의 배향은 집에 돌아올 때까지 입안에 남았다. 사람도 처음에 무덤덤하다가 사귈수록 깊은 맛이 도는 사람이 진짜배기다. 점숙이가 그런 친구였다.

돌배의 오종종한 얼굴에 온통 박혀 있는 다갈색 점이 어릴 적 단짝 점숙이를 소환했다. 배고프던 그 시절, 먹을 것은 없어도 맛에 대한 기억은 사라지지 않았듯이, 돌배 같던 점숙이를 만날 수는 없어도 함께 걷던 등하굣길은 지금도 환하다. 빛바랜 책갈피 속에 끼워둔 마른 풀꽃 같은 기억이다. 그녀의 깡마른 얼굴에는 크고 작은 점이 돌배처럼 많았다. 그래서 붙여진 이름이 점숙이였다.

그녀의 아버지는 그녀가 태어나 첫돌을 넘기고서야 이름도 짓지 않고, 출생신고하러 면사무소에 갔다. 요즘 젊은 부모들은 잉태하면 곧바로 태명부터 지어서 뱃속에 꼬물거리는 작은 존재를 애칭으로 불러준다. 거기에 비하면 전후세대들의 자녀 사랑은 온도 차이가 큰 것일까. 그 또한 무뚝뚝한 아버지 사랑이라고 해야 할까. 그날도 친구의 아버지는 면사무소 호적계장이 아이의 출생일과 이름을 묻자, 그제야 작명가처럼 즉석에서 이름을 지었단다. '딸내미이니 집안 항렬은 따질 것도 읎고, 얼굴에 점이 많응게 그냥 점숙이라 해주슈.' 그렇게 해서 친구는 그날부터 강점숙이란 이름으로 호적에 올랐다.

그런데 이름 때문이었을까. 친구는 자랄수록 얼굴에 흑임자를 뿌린 듯 점이 더 많아졌다. 학교에선 남자애들에게 점백이라고 놀림을 받기도 했다. 하지만 점숙이의 마음자리는 여름밤 마당에 펼쳐놓은 멍석 같았다. 책보자기 속에는 쑥개떡이며 삶은 옥수수 같은 주전부리가 늘 숨어있곤 했다. 그녀의 주변에는 친구들이 봄날 무논에 물방개처럼 꼬였다.

점숙이와 나는 두 개이면서 하나인 신발이나 젓가락처럼 늘 함께 붙어다녔다. 그런데 점숙이의 어머니가 지병으로 세상을 떠났고, 이듬해에 계모가 들어왔다. 4학년 겨울방학 무렵이었다. 점숙이는 학교에 차곡차곡 밀린 사친회비를 뒤로하고, 허리에 막냇동생처럼 업고 다니던 책보따리를 풀어놓아야 했다. 그날은 달뜬 마음으로 기다리던 5학년으로 진급하는 개학날이었다. 자꾸만 뒤돌아 보이는 학교 가던 오솔길을 버리고 아버지 말씀대로 오빠를 따라 신작로로 나섰다. 태어나서 처음 타보는 서울행 야간열차에서 밤이 맞도록 간수 같은 짠 눈물을 얼마나 삼켰을까? 고작 세 살 위인 오빠는 점숙이의 속울음을 어떻게 다독였을까.

그 후에 점숙이는 어설프게 뜬 한글 눈으로 손편지를 보내왔다. 연필로 꼭꼭 눌러 쓴 글씨에서 묻어나는 알싸한 파마약 냄새. 점숙이는 이발소 종업원인 오빠와 자취하며 미용기술학원에 다닌다고 했다. 자신은 비록 주근깨투성이이지만, 다른 사람을 예쁘게 가꿔주는 일류 미용사가 되겠다는 포부도 씌어 있었다. 열두 살에 동토 같은 서울로 봄바람에 날리는 돌배꽃처럼 등 떠밀려간 친구. 그때

나는 어떤 말로 답장을 썼는지, 지금은 기억에 없다. 하지만 호롱불 아래서 공책을 찢어 삐뚤삐뚤 쓴 편지가 눈물로 얼룩졌던 기억은 아직도 환하다.

점숙이는 어설픈 한글 눈으로 미용사 시험에 응시하여, 몇 번의 낙방 끝에 꿈같은 자격증을 따게 되었고, 동네 선배 언니의 미장원에서 몇 년 동안 시다로 일했다. 새벽부터 미장원 청소는 물론 궂은일은 모두 도맡았고, 양손에 습진이 생기도록 파마 롤을 말았다는 친구. 온종일 서 있어서 다리는 경주 불국사 기둥처럼 퉁퉁 부었고, 밤늦게 퇴근할 때는 걸음을 떼어놓을 수가 없었다고 했다.

점숙이가 파마약 냄새 속에서 팍팍한 길을 걸어가고 있을 때, 나는 광주에서 실오라기 같은 학업의 끈을 붙들고 가파른 고학의 길을 숨가쁘게 오르고 있었다. 피라미 같은 함평 촌뜨기들은 거대한 도시의 강물에 적응하느라, 간간이 오가던 서러움의 기호 같은 편지마저 스르르 끊어졌다.

단짝도 안 보면, 서울과 광주의 거리만큼 멀어지는가. 헤어진 지 20여 년 만에 점숙이가 서울 변두리에 자그마한 미장원을 열었다는 소식을 들었다. 됫박만 한 가게에 화투짝 같은 간판을 걸던 날, 부은 다리를 바닥에 뻗고 얼마나 울었을까? 아마도 서울 생활 20여 년 동안 흘린 눈물보다 더 많았을 것 같다.

최인호 작가는 『인연』에서 사람이 사람을 생각하는 마음보다 맛있는 음식이란 세상에 없다고 했다. 이순을 훌쩍 넘은 지금에야 그 음식의 맛을 조금씩 알아간다. 우리들 60~70세대의 자드락 같은 삶은 참 마디게 떠밀려 여기까지 왔다.

흐드러진 돌배 꽃그늘 아래서 뜬금없이 만난 단짝, 모종 포트 같은 자판 위에 돌배의 오돌오돌하던 점을 심는다.

큰사위의 월급날

큰사위의 월급날이다.

"어머니, 옛날 통닭이에요."

큰사위가 교촌치킨과 큼직한 처인성 막걸리를 들고 성큼 들어선다.

'벌써 그날이 되었을까.'

큰사위와 둘째 사위는 의좋은 친형제 같다. 4년 전, 수원의 아파트 숲을 벗어나서 용인 외곽에 단독주택을 나란히 지었다. 친구 따라 강남 간다고, 나도 그 옆에 자그마한 집을 지어 마당을 공유하며 살고 있다. 강남까지 따라나선 절친이 아니고 장인 장모라서 사위들의 마음은 어떨까 싶다. 며느리들이 시부모님 모시고 사는 것처럼 부담을 느끼지는 않을까.

몇몇 친구들은 참 대단하다고 입을 모은다. 출가하여 가정을 이룬 딸들과 함께 같은 공간에 사는 일이 흔치 않다며. 염려인지 부러움인지 모를 일이다. 그래서인지 다른 이들이 경험하지 못하는 크고 작은 에피소드가 남달리 많다.

손주들 재롱으로 박장대소가 울을 넘고, 어떤 때는 고만고만한 손주들이 네 것 내 것 하며 사촌 간에 다투기도 한다. 그 모양은 흡사 오르르 몰려다니며 싸우는 봄날의 병아리 같다. 병아리는 노란 부리로 콕콕 찍어대며 싸우다가도, 금방 돌아서면 잊어버리고 함께 어우러지곤 했다.

마당에서 놀고 있는 아이들을 보고 있으면, 양쪽 사돈댁에 살짝 죄송스런 마음이 들기도 한다. 혹시라도 애지중지 기른 아들을 생각지도 않은 우리 부부에게 빼앗긴 마음이나 들지 않으실까. 손주들까지도 그렇다. 둘째 사위는 본가에서 차남이지만, 큰사위는 장남이 아닌가. 거기다가 우리 집에서는 처제만 셋이다.

큰사위는 장남과 큰사위라는 명패를 양쪽 어깨에 달고 산다. 어깨가 묵직할 텐데도 힘든 기색이 전혀 없다. 17년 동안이나 두 몫을 깔축없이 감당해내고 있다. 양가의 대소사를 시원시원하게 소화해낸다. 제아무리 엉킨 문제라도 그의 손에만 가면 금방 풀린다. 매사를 긍정적으로 생각하고 그 속에서 해결점을 찾아내는 비법을 잘 터득하고 있는 것 같다. 옛날 말에 큰자식은 하늘에서 낸다더니, 큰사위 역시 그런가 보다.

모든 강물이 바다로 흘러들어도 바다는 절대 넘치지 않듯이, 큰사위의 도량은 무슨 일을 만나도 넘쳐서 절절매지 않을 것 같다. 바닷물이 계속해서 새어 나가지만 말라버리지 않듯이, 큰사위의 온유한 도량 또한 마르는 일이 없을 것 같다. 수량水量으로 가늠할 수 없는 그의 마음의 바다. 그것은 비교의 속박에서 벗어나게 하는 장자의 무한의 경지에 닿아있는 것 아닐까.

딸만 넷을 키워오면서 사위를 보기 전까지는 늘 허전했다. 요즘 아들과 딸이 무슨 차이가 있을까마는. 그런데 아들 못지않은 듬직한 사위를 호위무사처럼 곁에 두고 살게 될 줄이야. 복을 받은 것이다. 실팍한 젊은이가 처음에 '어머니!' 하고 불렀을 때, 생경하면서도 듬직하던 마음이 지금도 생생하다.

아들을 둔 세상 엄마들의 마음을 이제야 조금 알 듯하다. 아들의 엄마들이 아들과 통화라도 할 때면, 이름 대신에 '아들!' 이라는 일반 명사로 호칭을 대신하며, 생과일 주스 마시듯 대화하는 모습이 부럽기도 했다. 그런데 아들이 결혼하여 분가한 후에도 며느리 앞에서 그 호칭으로 그토록 찰방지게 부를 수 있을까? 오지랖이다.

사위가 '어머니!' 하고 부르면, 딸이 엄마를 부를 때와는, 매번 들어도 느낌이 다르다. 설악산 울산바위처럼 듬직한 것은 왜일까. 큰사위의 굵직한 음성 때문만은 아닌 것 같다. 그에게서는 보이지 않는 아우라가 시골 동네 앞 느티나무의 너울 가지처럼 출렁인다. 그뿐 아니다. 외모 또한 서구적인 남방형으로 지혜롭고 이지적이다. 규칙적인 운동으로 다진 근육 또한 듬직하다. 하지만 남편과 함께 막걸리 두어

병 걸치고 나면 이지적이던 얼굴은 어디로 가고, 말랑한 찐만두가 된다. 근엄한 선생님 표정보다는 때에 따라서 전혀 다른 이미지를 연출해내는 솜씨가 대단하다. 막걸리의 위력만은 아닌 듯하다.

결혼하여 분가한 아들의 월급날을 알고 있는 엄마가 요즘 몇이나 될까. 하물며 사위의 월급날은 어떨까. 큰사위는 그날이 오면 이벤트로 옛날 통닭 맛이 나는 교촌치킨을 사 들고 오곤 한다. 남편이 즐겨 마시는 막걸리까지 구색을 맞추어서. 남편이 40여 년 직장에 다닐 때도 갖지 못하던 월급날의 이벤트를 큰사위 덕에 자주 갖는다.

큰사위는 여러가지 치킨 중에서 남편의 입맛에 딱 맞는 치킨의 정보를 언제 어떻게 꿰었을까? 크고 작은 것을 떠나서, 대접하기 전에 상대방의 마음을 먼저 헤아리는 자상함이 배어나는 대목이다. 사회생활에서도 이런 매너는 꼭 필요할 것 같다. 이런 자세 또한 하루 이틀에 길러지는 일은 아닐 터. 이른 비와 늦은 비에 식물이 눈에 뵈지 않게 자라듯이, 어릴 때부터 자라온 고운 인성이 아닐까.

양념을 범벅하지 않은 바삭한 치킨은 담백하다. 옛날 통닭은 벌건 양념의 허울을 벗어버리고 온전히 맨몸으로 맛의 진검승부를 겨룬다. 우리 사람도 부와 명예와 권위의 검불을 다 벗어버리면 오히려 담백한 인간미가 넘치지 않을는지.

효라는 것은 어디 대단한 데 들어있는 것이 아닌 듯하다. 그저 진정한 마음이 담긴 소소한 일에 녹아들어 30배, 60배, 100배로 배어

나는 것 아닐까. 월급날 봉무리 세 가정을 생각하는 그 마음이 있어
오늘의 저녁 식탁이 더더욱 풍요롭다.

　코로나 팬데믹으로 너나없이 어려운 요즘이다. 날 벼린 톱과 같은
세상에서 큰사위의 직장생활 한 달은 또 얼마나 고단했을까. 사위의
굽슬굽슬한 파마머리에 하얀 새치가 부쩍 더 많아 보인다.

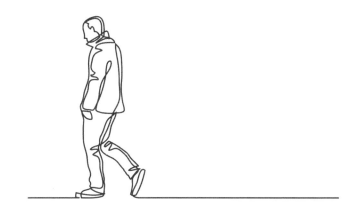

뽀얀 미역국

　기나긴 봄볕, 탱글탱글하던 몸매가 마른 무청처럼 볼품없다. 구들 장처럼 달궈진 몽돌 위에서 사나흘이면 늦가을 떡갈나무 잎이 되어 바삭거린다. 지난한 그 길이지만, 팍팍한 어부네 식구가 끼니를 기댈 수 있는 도움이 될 수 있다니. 어찌 나 좋다고 허구한 날 바닷속에서 춤만 즐길 수 있을까.

　정월 초엿새, 설렁탕 국물처럼 뽀얀 미역국이 되어 할머니 생신상에 올랐다. 출산을 이레 앞둔 할머니의 큰딸이 남산만 한 배를 안고 새벽부터 고기 다지고, 바싹 마른 나를 물에 불렸다. 바삭거리던 삭신이 미지근한 물에 들어가니 오동포동하던 꽃두레 시절로 되돌아간다. 그러면 무엇하랴. 내 몸뚱이는 찢기고 잘려서 뜨거운 국솥에 풀어지는데…. 절망도 잠시, 온몸이 조각나는 순간에도 연어가 강 물결을 거슬러 오르듯이 세찬 기억의 물살을 탄다. 사람들이 임종臨終 앞에서 회한悔恨에 젖듯이.

완도 앞바다의 물너울 속은 그야말로 화려한 무도회장이었다. 수많은 동무들과 떼로 어우러져 청옥빛 무대에서 날마다 춤을 추었다. 포효 같은 태풍 속에서도 신나는 지르박을 추었고, 파도가 잔잔한 날에는 요한스트라우스의 「아름답고 푸른 도나우」 같은 우아한 왈츠 곡에 몸을 실었다. 눈이 오나 비가 오나 오로지 춤과 함께 해동갑을 했다.

나의 호리낭창한 허리를 쉴 새 없이 감싸 안고 돌아가는 「겨울연가」의 배용준 같은 파트너, 그 물결의 감촉은 내 영과 육을 환상의 천국으로 옴싹 들어 옮겨 놓았다. 열정에 달뜬 내 발은 혼미하여 바다의 품속을 벗어나 하늘로 솟구쳤고, 우아한 스텝은 끝없이 펼쳐진 꽃 구름 밭을 밟아 나갔다. 숨이 막힐 것 같은 환희의 춤, 우주의 시간과 물속의 공간 가운데에서 그 경계를 넘나들며 섞이는 황홀감에 폭 빠져 살았다. 그 시절에는 평생을 그렇게 살 수 있을 것 같았다.

지금 펄펄 끓는 국솥에서도 견딜 수 있는 것은, 내 생애에 그 멋진 시간의 토막들이 있었기 때문이다. 하지만 사람들에게는 그런 희락의 순간들이 없는 것일까. 그들은 왜 작은 장애물을 만나도 금방 절망하고 포기해버릴까. 영장이라고 목에 힘을 주지만 인내의 한계는 미물 같은 내가 더 높을지도 모른다. 그런데 어찌할까, 양지가 음지가 된다고 하더니만.

어느 날이다. 바다 물결 속에서 신나게 춤을 추다가 뜬금없는 갈퀴손과 맞닥뜨렸다. 영문도 모르고 어떤 어부의 거친 손에 붙잡혔고,

그는 우리들을 청옥빛 무대에서 2차 세계대전 포로처럼 인정머리 없이 끌고 나왔다. 우리는 바닷가의 달궈진 몽돌밭 위에 줄잡아 뉘어졌고, 숨 돌릴 틈도 없이 그 유명한 볕 고문이 시작된 것이다. 갑작스런 봉변에 따질 수도 없었다. 그저 땡볕에서 자반뒤집기를 당했다. 온몸에 물기라고는 사라지고 가랑잎처럼 바삭거렸다, 차라리 잡초처럼 쓸모없는 쪽을 택할 것을. 미역이라는 쓸모 있는 존재라서 이토록 모진 닦달을 받으며 고통에 갇혀버린 것 아닌가.

2천여 년 전, 골고다의 십자가 형틀 위에 매달린 죄 없는 예수 그리스도의 목마름이 이러했을까. 물과 피를 다 쏟아내고 세포 하나하나가 타들어 가는 갈증이라니. 불잉그락 같은 몽돌 위에서 간간이 불어오는 물빛 해풍은 내게 눈길 한 번 주지 않았다. 그 바람은 오히려 뜨거운 볕을 부추기는 불쏘시개로 변했다. 바닷속에 있을 때 불던 해풍은 나를 얼마나 감미롭고 달뜨게 했던가? 그 부드러운 손길에 나의 혼과 육은 흐물흐물 녹아내리곤 했다. 그런데 웬일일까? 이제는 그의 차가운 눈빛에서 우우 북극 바람이 인다. 갑자기 마음 변한 정인情人 같다. 인간 세상에서 사람들은 너무 슬프면 눈물조차도 나오지 않는다더니 지금 내가 그렇다.

그뿐 아니다. 막 씻어 행군 듯한 햇살은, 놋화로에 꽂힌 수천 개의 인두 끝이 되어 나의 속살까지 마구 지져댄다. 바닷속에서 낭창하던 생미역 가닥은 온데간데없다. 바싹 마른 몸에 '건미역'이라는 생소한 이름표를 달고 방방곡곡을 누빈다. 한 치 앞을 알 수 없는 게 우리네 삶이다. 지르박을 신나게 밟고 탱고를 추던 그 시절엔 이렇게 험한 2막의 삶을 어찌 상상이나 했을까. 하지만 세상만사가 마음먹기에 달린 것 아닌가. 몸도 마음도 곰삭아 시들었지만, 이 또한 받아들이니 마음속의 풍랑이 잠잠해진다. 지난날의 황홀했던 순간들은 논배미 물꼬에 잠시 떠 있는 한 움큼의 물거품인 것을….

살다 보니 오늘처럼 할머니 생일상에 초대받기도 한다. 할머니는 뽀얀 미역국이 간도 삼삼하고 국물이 잘 우러났다며 한 대접을 너끈히 비운다. 흡족해하는 할머니의 쭈글쭈글한 뱃속에서 나도 덩달아 뿌듯하다. 생일 미역국뿐 아니다. 산모의 속을 풀어주는 첫국이 되기도 한다. 할머니가 딸 넷을 낳을 때마다 그녀의 나달나달 풀어진 몸을 추스르는데 한 몫을 감당했던 일이 자랑스럽다. 내가 지금까지 이댁의 주방에서 고임을 받으며 자부심을 갖는 가장 큰 이유이기도 하다.

나는 미역튀각 등의 간식거리가 되기도 하지만, '미역국'의 뻑뻑한 건더기가 될 때 마음이 가장 낙락하다. 뾰뾰하던 자존심 다 녹여서 톱톱한 국이 될 때, 평생의 긴장을 풀어버리고 우주라도 품을 듯 너그러워진다. 굽이치는 파도 속의 무대를 접고 뜨거운 국물 속 동안거에 든다. 이런 평안은 머나먼 종교적 피안의 세계에만 있는 게 아닌 것을. 세상이 좁다 하며 나부대는 영장들은 이런 마음을 알까?

파탁의 힘

잘게 토막 낸 오징어 다리가 오돌오돌 씹힌다. 빨판에서 우러나오는 담백한 맛이 입안에 고인다. 뜨거운 파전 접시 위에 어른 손, 고사리 손이 가을 산에 다람쥐처럼 바쁘다.

토요일의 봄비는 식구들을 집안으로 끌어들이는 재주가 있다. 산과 들에 흐드러진 벚꽃이 아무리 유혹해도 우리 가족을 밖으로 데려가지 못한다. 평소 화창한 주말에는 모두가 약속을 핑계로 외출하기에 바빴다. 그런데 오늘은 빗줄기에 발길이 묶여있는 식구들이다.

남편은 아까부터 주방 앞을 서성이더니 냉장고 문을 자꾸 여닫는다. 듣는 귀가 참 거슬린다. '어쩌라고.' 그는 냉장고 깊숙이 앉아 있는 백암 막걸리 병과 계속 눈을 맞추는 낌새다. 냉장고 문을 닫고 돌아서는 그의 뒤꼭지에 아쉬운 기색이 역력하다. '그냥 모른 척하자.' 신문에 눈을 들이대고 엎드린 채 시치미를 딱 떼었다.

문우들과 일본 나오시마 여행 뒤끝이다. 그래서 냉장고 안에 큼직한 탁주 병은 있는데 묵은 김치 종지만 눈에 띌 뿐, 변변한 안줏거리가 없는 것이다. 그는 거북이 등딱지 같은 찜질팩을 허리에 얹고 엎드려 있는 내 눈치를 살피는 듯하다. '어이구, 그 마음 알지요.' 아직 뜨거운 찜질팩을 아쉽게 내려놓고 텃밭으로 나간다. 나도 그렇다. 상대방의 애를 태우며 쾌재를 부르는 심사는 또 무엇일까? 기왕 할 거라면 후딱 일어날 것이지.

애주가들은 '홍탁'을 찰떡궁합이라고 한다. 하지만 지금 비 내리는 봉무리 산골에는 잘 삭은 홍어 살이 한 점도 없다. 그래서 '파탁'이라는 차선책을 생각해냈다. 우리가 살아가는 길목에서도 영악스럽게 지름길만 고집하는 것이 최선은 아닌 것 같다. 어쩌다 기회를 놓치고 터벅터벅 돌아갈 때가 더러 있다. 그 길이 남들보다 좀 늦을지라도, 오히려 편할 때도 있다. 파전과 탁주, 홍탁은 아니지만, 오늘은 '파탁'이, 부담 없는 안주로 딱 좋을 것 같다.

작년 가을, 씨로 땅속에 들어 겨우내 시린 발을 동동거리던 쪽파다. 초봄만 해도 짜리몽땅하여 빈티 나던 쪽파였다. 흙살이 풀어지자 스스로 귀티 나게 쑥쑥 크는 중이다. 어디 쪽파뿐인가? 인간들은 짧은 잣대로 겨울이니 봄이니 하며 계절로 칸막이를 세우고, 무한한 시간까지도 한 시, 두 시 등으로 두부 썰듯 한다. 모든 존재는 굳이 그러지 않아도 잘 살아간다. 오직 인간만이 만물이 제 것인 양 주인 행세를 하려 든다. 자연에 금을 그어대고 경계를 짓는다. 쪽파 한 뿌리도 가만히 두면 거대한 우주를 품고 이렇듯 제 할 일을 잘하고 있는 것을….

한 뼘쯤 자란 쪽파가 이팔청춘 같다. 파김치 감으로 딱 좋을 때다. 머리부터 발끝까지 한입에 넣어도 될 듯하다. 쪽파는 초록 머리 풀어 헤치고 산새들의 노래 속에 보슬비로 샤워 중이다. 촉촉한 연둣빛 바람도 시녀처럼 거든다. 그냥 들여다보기만 해도 덩달아 생기가 나게 하는 아이들이다. 그뿐 아니다. 이파리에 사락사락 스치는 빗소리가 탁한 귀를 말갛게 씻어준다.

노크도 없이 벌컥 찾아든 손길에 쪽파가 놀란 듯하다. 빗줄기 샤워기를 끄지도 못하고, 발가벗은 채 포기로 뽑혀 나온 아이들이다. '너희들은 오늘 선택받은 기쁨조란다.' 미안한 마음을 에두른다. 쪽파는 그런 나에게 앙탈하는 한마디 내뱉지 못하고 아랫도리를 드러낸 채 샘가에 푸르르 널브러진다.

가족의 입에 구수한 파전만 넣을 생각으로, 하얀 발부리를 싹둑 자르고, 겉껍질을 홀랑 벗긴다. 양파, 당근, 표고 쪼가리 등 냉장고 야채 박스도 모두 털어낸다. 냉동실에서 때를 기다리던 물오징어 네 마리도 뛰어내린다. 장작개비처럼 언 몸을 들이민다.

"너도 함께 할겨?"

그렇다. 비록 홍어는 아니지만, 남의 살이 들어가야 파전 맛이 제대로 날 것이다. 이들은 칼날에 다져진 채 네 몸 내 몸이 한통속으로 아우러진다. 순식간에 맷방석만 한 파전 몇 장이 푸짐하다. 짝을 기다리던 백암 막걸리 병이 드디어 파전 접시와 마주한다. 배가 빵빵한 막걸리 병도, 궂은 날씨 같던 남편의 얼굴도 이제야 화색이 돈다.

옆집에 사는 두 딸의 가족이 파전 지지는 냄새에 코가 꿰어 우르르 모아든다. 남편의 냉장고 여닫는 소리만 울리던 주방과 거실이 열한 명 대식구로 가득하다. 어른도 아이도 젓가락 쥔 손이 바쁘다. 손주들의 복숭아 같은 볼이 미어질 듯하다. 맛나다는 말이 필요 없는 듯, 엄지만 거푸 치켜세운다. 입이 고프던 비 오는 오후, 어찌 아이들만 엄지척이겠는가?

아들 부럽지 않은 두 사위와 남편은 2리터들이 막걸리 세 병을 거뜬히 해치운다. 홍탁이 아닌 '파탁'에도 세 남자의 얼굴이 불콰하다. 아까는 냉장고 앞을 맥없이 서성이던 남편이었는데, 막걸리 몇 사발에 천하를 다 가진 것 같단다. 천하가 그렇게 헐값이라면 나도 막걸리 한 사발로 사보고 싶다. 그의 목소리는 돛대 높이만큼 올라간다. 사위들도 그이 다음으로 천하 중에 한 떼기라도 차지한 듯 목소리가 덩달아 커진다.

봄비 내리는 오후, 조붓한 거실이 이야기꽃으로 넘친다. 바깥에 쏟아지는 꽃비보다 화사하다. 따끈하던 찜질팩은 구석에서 싸늘하게 엎드려 있다. 가족이 무엇인지….

응석받이 봉배산

오늘 아침에도 전령사는 어김없이 단잠을 깨운다. 용인 남사의 봉배산에서 뻐꾸기 두 마리가 서로 화답한다. 저들은 혹시 함께 있는데도 저토록 보고 싶을까? 이들이 잠시 목을 쉬는 틈새에 딱따구리가 아침 끼니를 준비하는지 바쁘다. 허구한 날 만만한 고목에 구멍을 뚫는다. 다다다닥, 다다다닥! 저러고도 부리가 온전할까. 마치 드릴을 가지고 두꺼운 벽이라도 뚫는 듯하다. 전생에 혹시 목수였을까?

해발 100여 미터로 언덕 수준인 뒷산과 친구가 된 지도 5년째다. 이곳으로 이사 와서 처음 오를 때는 많이 힘들고 낯설었다. 아니다. 봉배산이 낮다고 만만하게 보는 나에게 마음을 열어주지 않은 것이다. 산의 품속을 헤집고 들면서도 한 꽃밭을 드나드는 벌과 나비처럼 우리는 한동안 데면데면했다. 서로가 마음을 주지 못한 것이다. 나무 한 그루 풀 한 포기에도 애착을 갖고 들여다보아야 교감이 될 터인데, 그저 스마트폰의 '만보 앱'만 열심히 들여다봤다.

매일 드나들다 보니 건성일지라도 그러구러 친구가 되어간다. 작지만 산 능선에서 내려다보는 풍경은 어느 큰 산 못지않다. 산들바람이 숲 위에 그려놓은 진초록 물결무늬라니. 그것은 흡사 태평양의 검푸른 파도가 발밑까지 밀려와 꿈틀거리는 듯하다.

어느 날 뒷산은 친정어머니처럼 응석받이가 되곤 한다. 초입에서부터 발걸음 소리만 들어도 내 마음을 환히 아는 듯하다. 굳이 미주알고주알 일러바치지 않아도 마음의 맑음과 흐림을 잘도 짚어낸다. 내 마음이 쨍하고 맑을 때, 머리 위의 나뭇잎과 발밑의 풀잎들은 한데 어우러졌다. 흡사 베토벤의 전원교향곡을 연주하는 듯했고, 마음이 흐릴 때 그들은 엄마에게 야단맞은 아이처럼 내려올 때까지 시무룩했다. 그럼에도 산은 자신의 어깨 한쪽 내어주며 아무 생각하지 말란다. 바람 소리 새 소리에만 귀를 열라고 한다. 이런 친구에게 무슨 한숨 섞인 넋두리가 필요하겠는가? 그렇다. 산이 내어준 어깨에 기대어 두어 시간 정적 속을 걷고 나면, 무거웠던 마음 자락이 한여름의 한산 모시 치마가 되곤 한다.

산은 크나 작으나 수수 만만 식솔들을 어머니처럼 산자락에 품고 먹여 살린다. 초가 오두막에 식구가 더 많듯이 나지막한 봉배산에 깃들어 사는 식솔이 참 많다. 저 대가족의 하고많은 끼니를 무엇으로 다 때울까? 셀 수 없이 많은 나무와 풀들은 물론이고, 고라니를 비롯하여 청설모와 다람쥐, 장끼와 까투리, 뻐꾸기 등. 또 발밑에 개미를 비롯한 수많은 곤충도 있다. 어스름이 들 때면 소쩍새가 애를 끊을 듯이 울고, 홀딱벗고새도 뉘를 기다리는지 밤이 깊도록 청상青孀처럼 울어댄다.

봉배산은 도무지 어울리지 못할 것 같은 생명들을 한데 불러 품에 모은다. 이들은 작은 품 안에서 다투지 않고, 우주 속에 오순도순 또 하나의 세계를 만들어내고 있다. 목이 꽂꽂한 사람들이 이들의 조용한 질서를 어떻게 본받을 수 있을까? 봉배산 속의 아늑한 세상은 아득히 큰 세상의 축소판이다. 이 작은 세상은 적어도 나에게는 해가 갈수록 눈보다 발이 더 익숙해진다. 눈빛만 보아도 아는 사이를 넘어서, 발끝만 닿아도 대화가 통하는 사이가 된 것이다.

그런 뒷산 친구에게 뜻밖에 큰 선물을 받은 것 같다. 7년 동안이나 먹던 골다공증 약 에스트로겐을 한 달 전부터 떼었다. 그동안 매년 골밀도 검사를 받아 왔다. 결과는 늘 상태 나쁨이었다. 이번 검사 결과에도 아무런 기대하지 않고, 작년과 똑같은 설명을 듣고 처방받겠지 짐작했다. 그런데 웬걸, 의사는 컴퓨터의 진료기록에 눈을 고정한 채, 상태가 어떻게 이렇게 좋아졌냐며 나보다 더 기뻐했다. 의사들은 자신이 관리하는 환자에게 청신호가 보이면 그토록 기쁜가 보다. 그도 그럴 것이 스스로도 긴가민가하던 자기의 의술에 대해서 자신감을 갖게 되는 것 같다. 의사가 아무리 정성을 다해도, 세상에는 기약 없는 내리막길만 걷는 환자가 얼마나 많은가? 오늘 의사의 환한 얼굴을 볼 수 있게 해 준 일등 공신은 누구일까.

오랫동안 먹던 약을 끊어도 된다니 믿어지지 않는다. 끝날까지 함께해야 하는 약인 줄 알았는데…. 그동안 특별한 운동을 한 것도 아니고, 그렇다고 뼈를 강화하는 음식을 꼼꼼히 챙겨 먹은 것도 아니다. 이곳에 이사 와서 날마다 왕복 2시간 정도 봉배산의 품에 든 일밖에는 없다.

언덕 같은 동네 뒷산이 생색도 내지 않고 은택을 베풀어준 것이다. 건강을 위해서는 높고 험한 산만 오르는 것이 능사는 아닌가 보다. 얼마나 끈기 있게 계속 걷느냐가 관건이지. 비 오고 눈 오는 날에는 사실 가고 싶지 않을 때도 많다. 그 유혹을 뿌리치고 날마다 일수 찍듯이 산길에 발자국을 찍었는데 결과가 참 오지다.

나지막한 봉배산은 그동안 내가 모르는 사이에, 유통기한이 다 되어가는 내 뼈의 상태를 뒤적여보았을까? 첨단 기계가 부위별로 골밀도 검사하듯이. 연골이 거의 닳은 무릎에서는 빠각거리는 소리가 나고, 허리에선 우두두둑, 뼈들의 비명을 심심찮게 듣는 요즈음이다.

촘촘히 찍히는 발자국을 지켜보던 봉배산이 보시하듯 만져준 손길 덕일까? 갚을 수 없는 손길, 제아무리 용을 써도 봉배산에게 해줄 수 있는 일은 하나도 없다, 그저 그가 주는 혜택만 값없이 누릴 뿐. 그런데도 사람이 자연을 보호한다고 뉘 앞에서 나부대고 있다.

게릴라비

방울토마토가 복부에 깊은 자상을 입었다. 50여 일 쏟아지는 장검 長劍같은 빗줄기에 산도 집도 바위도 맥없이 스러지는데, 꽈리 같은 방울이가 어찌 버틸 수 있겠는가.

알록달록 익어가던 텃밭이 온통 아수라장이다. 탱탱하던 방울이의 배가 터졌고, 벌어진 틈으로 환히 드러난 내장에 빗물이 흥건하다. 아직 떨고 있는 방울이의 실낱같은 숨이 손끝에 시리게 닿는다.

이른 봄부터 모종판 구멍마다 상토를 담았다. 거기에 오종종한 씨 앗들을 종류별로 하나씩 넣어 싹을 틔웠다. 얼마 지나 모종비 내리던 날, 여린 아이들을 정성껏 옮겨 심었다.

그런데 잘 자라서 팔팔하던 오이, 호박, 참외의 이파리들이 계속되는 장대비로 물에 삶은 듯 누렇게 변해 갔다. 진이 빠져버린 줄기와 이파리 가 마지막 숨을 몰아쉬고 있는 모습이 처참했다. 어떻게 해줄 수 없어 바라만 보는 내 숨소리도 누렇게 잦아들었다. 손바닥만 한 텃밭 작물에도 이토록 마음이 타는데. 게릴라 같은 장맛비로 가족의 생계가 달린 농장이 황톳물에 질펀하게 잠겨버린 농부의 속은 어떨까.

꿀비, 모종비, 가루비, 이슬비, 먼지잼 등 하고 많은 비의 예쁜 우리말 이름을 다 버리고, 게릴라비라는 외래 이름을 가진 이번 장맛비는 이름만 들어도 오싹 움츠러든다. 게릴라비의 폭력성은 어디에서 피내림했을까. 그 폭력에 수북하던 텃밭은 물고랑으로 갈기갈기 찢어지고, 폭탄 맞은 듯 횅하다. 농사와 자식 키우는 일이 어디 그렇게 수월한 일이던가.

텃밭 가장자리에 빙 둘러서 근위병처럼 '받들어 총!' 하던 옥수수는 허옇게 맨발을 드러내고 있다. 보릿고개에 입 하나 덜자고 서울로 식모살이 간 친구 명자가, 폭설 내리던 날 맨발로 쫓겨나던 모습처럼…. 옥수수는 죄도 없이 맨발로 서서 채찍 같은 빗줄기로 온몸을 두들겨 맞았다. 이제 막 물알이 들기 시작한 옥수수 자루들은 그 허리에 업혀 있다. 몰아치는 비바람에 떨어지지 않으려고 머리카락이 뽑힐 듯 바동거린다. 흡사 배고픈 엄마 허리 포대기 속에서, 엄마의 땀에 젖은 적삼을 자꾸만 움켜잡는 아이 같다. 이럴 때를 대비해서 옥수수자루마다 아기 띠를 그토록 겹겹이 싸맨 걸까? 문득 6·25 피난길에 올랐던 엄마의 무용담武勇談이 생각난다. 다섯 살 큰오빠를 잃지 않으려고, 포대기를 받치고도 세끼 줄까지 두세 겹으로 동여맸다는 우리 엄마.

평소에 옥수수 이파리에 떨어지던 순한 싸락비 소리는 헝클어진 마음을 가지런히 추려주곤 했다. 그런데 게릴라비는 널따란 이파리를 방패연 꼬리처럼 찢어놓는다. 지금 맨발로 서 있는 저 아이들을 무슨 말로 달래줄까. 이 비가 물러가면 퇴비라도 넉넉히 넣어주고, 삐져나온 발등에 북을 두둑하게 해주어야겠다.

게릴라비는 밤새 온 세상을 두들겨 패버린다. 게다가 남은 게 무엇이 있다고 새벽녘까지 천둥 번개로 위협하더니 또 한바탕 지딱인다. 흡사 어릴 적 옆집에 살던 영자 아버지처럼 심술궂다. 그는 장날이면 어김없이 고주망태가 되어 돌아다녔다. 밤새도록 살림살이를 깨부수거나 아내와 아이들을 두들겨 패기도 했다. 어떤 날은 힘이 남아돌았는지 새벽까지 지딱이는 소리가 울을 넘었다. 뒤따라 새벽 이내를 가르는 영자 남매의 비명 소리. 그럴 때 울타리 가에 귀를 대고 있던 내 심장은 발동기처럼 콩닥거렸다.

한밤중의 게릴라빗줄기에서 몽고군의 말발굽 소리가 들린다. 찬란하던 고려의 문화를 단숨에 삼켜버리고, 고요하던 고려 땅을 쑥대밭으로 만들어버린 몽고군. 수백 수천의 마병이 장수의 군호를 받아 일시에 내닫던 말발굽 소리. 지금 대지를 후려치는 이 빗소리 같았을까. 우리 선조들은 어린 자식을 안고 그 소리에 얼마나 가슴을 졸였을까.

예나 지금이나 한 나라의 지도자는 모름지기 국방에 가장 큰 방점을 두어야 할 것이다. 울타리만 잘 지켜주면 양 같은 백성들은 가만히 두어도 그 안에서 저희들끼리 오순도순 티격태격 잘 살아간다. 굳이 풀 뜯는 것까지 '너는 한 포기, 너는 두 포기.' 하며 일일이 간섭하지 않아도, 나름대로 배를 채우며 잘 살 것이다. 지난 광복절에 쏟아지는 폭우와 코로나 감염병의 위험 속에서도 광화문광장을 가득 메운 인파를 보았다. 백성들이 위정자와 국정을 걱정해야 하는 세상, 좀 편하게 살 수는 없을까? '그 정치가 어둑하면 백성은 순박해지고, 그 정치가 빈틈이 없으면 백성은 교활해진다.'라는 노자의 도덕경이 떠오른다.

풋참외들이 노끈 같은 줄기에 목숨만 간당간당 위태롭게 달려 있다. 이파리들은 어느새 녹아버리고, 그저 질퍽한 흙바닥에 나뒹군다. 갑작스런 침입자 앞에서 속수무책으로 당했을 것이다. 사방에 대고 '참외 살려요!' 라고 얼마나 외쳤을꼬. 비비 꼬인 넝쿨에 매달린 채 내장을 주르르 쏟아내는 놈도 있다. 얼마나 힘들었으면 애간장이 녹아서 이 지경이 되었을까. 온전하게 펄떡이는 나의 오장육부가 미안하다. 풋참외는 게릴라비가 무서워서 도망쳐보려고 얼마나 버둥거렸을까. 천륜 같은 넝쿨에 매달려 오도 가도 못한 처지다. 흡사 영자 엄마 같다.

난장판이 되어버린 텃밭 한가운데 서 있다. 며칠만인가. 하늘은 시치미 뚝 떼고, 눈물이 핑 돌게 파랗다. 다시 호미를 든다.

반타작의 길목에서

　의사도 간호사도 없이 여섯 쌍둥이를 낳았다. 그 작은 몸으로 모진 산고를 어떻게 감당했을까. 장작더미 속에서 흡족한 듯 쌍둥이들에게 젖을 물리고 있다. 몽글몽글한 봄볕은 이들 위에 이불처럼 펼쳐 있다.

　코로나19로 온 세상이 떠들썩하던 지난 3월 어느 날이다. 뒤꼍 장작더미 아래에서 갓난아이 울음소리 같은 가느다란 소리가 새어 나왔다. '언제 여기서 새끼를 낳았을까.' 비좁은 틈새에서 고물거리는 새 생명의 탄생이 경이로웠다. 탯줄을 여섯 번씩 자르고, 태반은 또 어찌 처리했을까. 점박이 길고양이는 거친 장작 틈에서 여섯 마리 새끼를 낳고 뒷정리까지 모두 끝냈다. 쪽방 같은 장작 틈새로 들어오는 볕이 따사롭고 주변은 깔밋하다. 하지만 여섯 쌍둥이가 자라기에는 너무 좁을 것 같다. 원룸 같은 종이상자로 이사를 시켰다. 허리를 쭉 펴고 누워서 아이들에게 젖을 물리고 있는 어미가 이래도 되느냐는 표정이다.

여섯 마리 낳을 때마다 통증으로 작은 몸을 수없이 구푸렸을 길고양이. 말 못하는 미물이지만, 영문도 모르는 그 산고의 아픔이 오죽했을까. 거문도 앞바다 파도처럼 밀려오는 산통을 소리 없이 참아낸 고양이이다. 통증으로 안절부절못하다가 아랫배에 힘이 주어지면 양수와 함께 한 마리씩 쏟아냈을 것이다, 그것도 여섯 번씩이나.

35년 전, 여수시 삼산면 거문도에서 막내딸을 낳던 그 날 밤이 떠오른다. 알다시피 거문도는 고흥반도에서 40여 킬로미터 떨어져 있는 외진 섬으로, 보건진료소 하나가 섬 주민들의 생명을 책임지고 있는 곳이다. 그날, 진료소장은 여수로 출장 중이었다. 여객선도 모두 끊어진 칠흑 같은 밤에 산통이 시작되었다. 남편마저 육지로 2박 3일 출장 가고 없었다. 어린 세 딸 앞에서 입술을 아무리 꼭 물어도 비명은 새어 나왔다. 여덟 살 큰딸의 연락을 받고 달려온 앞집 할머니, 친정어머니 같은 그 손을 붙들고, 새벽까지 가파른 생사의 길을 넘나들었다.

지금 평온하게 여섯 아이를 품고 있는 길고양이는 오로지 혼자서 대책 없이 산고를 감당한 것이다. 사람이나 짐승이나 생명을 낳는 일은 그 자체만으로도 숭고하고 지난한 일이다. 오직 낳아본 자만이 알 수 있는 그 고통, 그래서 한 생명이 천하보다 더 소중한 것 아닐까. 그런데 요즘 이 나라에선 소중한 그 목숨이 망망대해 위에서 여섯 시간이나 표류하다가 십여 발의 총살에 소각까지 당했다. 생명을 허투루 날린 적의 만행과 국민을 지켜내지 못한 국가의 무능에 온 나라가 죽 끓듯하고 있다.

기진맥진한 어미 고양이, 양수에 젖은 새끼들을 연신 핥아준다. 제 몸 추스르기도 힘들 텐데. 홀쭉한 배에 붙어있는 젖꼭지를 줄지어 물고 있는 저 많은 새끼들의 배를 무슨 수로 다 채워주나. 털의 윤기까지 다 빨려버린 어미의 푸석한 모습이 흡사 그 옛날 막내 낳은 후의 내 모습 같다.

산모 고양이를 위해 불린 미역에 고기 몇 점을 넣어 국물을 끓인다. 내가 막내를 낳았을 때, 이웃에 사는 미선이 엄마가 양은냄비 남실하게 미역국을 끓여왔었다. 그날, 짭짤한 눈물과 함께 말아 먹던 첫국밥이 오늘 산모 고양이의 미역국 위에 겹치고 있다. 내 인생의 행로에 그 일은 진한 좌표로 찍혀 있다.

젖을 먹이고 있는 산모 고양이 앞에 미역 국밥 한 사발을 밀어주었다. '많이 먹고 새끼들 잘 키워라.'라는 말 반찬도 곁들였다. 어미는 알아듣기라도 한 듯 밥그릇에 코를 한번 대어보고는 벌떡 일어나 허겁지겁 먹었다.

여섯 쌍둥이는 제법 자랐다. 엄마 뒤를 아장아장 따라다니는 모습이 꼭 깨물어주고 싶다. 마당에서 사람과 마주쳐도 피하지 않는다. 길고양이 대가족은 갑자기 집고양이로 신분이 상승했다. 양지바른 마당이나 데크 위에서 경계심을 버리고 아이들에게 젖을 먹이기도 한다. 손주들은 깜찍한 새끼 고양이에게 홀딱 빠져들었다. 몽글몽글한 새끼를 만져보려 하지만, 새끼를 지키려는 어미의 눈빛이 아직 매섭다.

유래 없이 긴 장마를 견뎌내기 힘들었을까. 어느 날 아침, 들여다보니 장작더미 앞에 아직 여물지 않은 새끼 한 마리가 도사리처럼 옆으로 납작 누워 있었다. 다른 새끼들은 형제의 죽음을 아는 듯, 장작 틈에서 눈알만 굴리고 있고…. 어미는 야옹거리며 식어버린 새끼 곁을 맴돈다. 애간장을 도려내는 자식 잃은 아픔이 사람과 다르지 않은 것 같다.

그 조그마한 몸 어디에 고장이 나서 죽었을까. 혹시 그 아이가 무녀리는 아니었을까. 돼지나 강아지도 처음 나오는 새끼는 어미의 좁은 산도를 먼저 통과하느라 스트레스를 많이 받는다고 한다. 그래서 무녀리로 태어난 새끼는 제대로 성장하는 확률이 매우 낮다고 알려져 있다.

사람도 그와 엇비슷한 경우가 있다. 최근 손주들을 키우면서 알게 되었는데. 신생아 때 '영아 산통'이라는 증세가 있다는 것이다. 이 증세는 엄마의 좁은 산도를 통과하여 나오며 받은 스트레스 때문에 생긴다고 한다. 대개 자연분만으로 낳은 아이는 생후 2주째부터 잠을 잘 자지 않고 밤낮으로 울어댄다고 하는데, 치료 방법은 없고 그냥 열흘쯤 지나면 괜찮아진다는 것이다. 그것을 미처 모르던 둘째 딸은 자지러지게 우는 갓난이를 안고 한밤중에 응급실을 찾기도 했다.

나머지 다섯 마리는 잘 크겠지 했는데 웬걸, 다음 날도 또 다음

날도 죽었다. 워낙에 습기를 싫어하는 동물이라서 긴 장마를 견디지 못한 것 같다. 어미 뒤에 아장거리며 따라다니던 새끼들의 긴 줄이 세 마리로 짧아졌다. 남은 세 마리는 7개월째 야무지게 잘 자란다. 점점 성체를 이루었다. 반타작을 한 셈이다.

전후 세대인 우리가 자랄 때도 의료 시설은 멀기만 했다. 아이들이 갑자기 학질이나 홍역으로 몸이 펄펄 끓는 일이 많았다. 청진기 한 번 몸에 대어보지 못하고 한 동네에서 하룻밤에 몇 명씩 죽어 나가기도 했다. 그 시절에는 열 명 낳아 다섯 명 잘 커서 성혼하면 자식농사 참 잘 지었다고 했다.

이제 세 마리 새끼 고양이들은 제법 사냥도 해 온다. 뒷밭에서 두더지를 잡아다가 성찬을 나누기도 한다. 어미는 이런 모습을 흐뭇하게 바라본다. 집도 절도 없이 풀 섶을 전전하던 야생 고양이. 자식농사 이만하면 잘 지었다며 자족하는 것 같다. 몽실몽실한 새끼 고양이 세 마리가 엄마 품에 포개지며 자리다툼을 한다.

소금의 섭리

"나 여기 있어요!"

다급히 소리 지른다. 평소에 말수가 없던 왕소금, 얼마나 답답했을까. 사박사박 손에 감기는 촉감이 까칠하면서도 살갑다. 하마터면 며칠 동안 준비해서 담근 고추장이 덤벙대다가 맹탕이 될 뻔했다.

김장을 마치면 해거리로 고추장을 담근다. 올해는 여든 살 친정 언니에게 귀동냥으로 얻어들은 마늘 고추장을 담가볼 요량이었다. 찹쌀에 깐 마늘을 넉넉히 넣고 가마솥에 푹 고아서 함지에 퍼 식혔다. 메줏가루와 조청과 고춧가루를 넣어 하루 동안 시나브로 저었다. 윤기가 자르르 먹음직스럽다. 찍어 맛본다. 그런데 웬걸, 맵기만 하고 속 빈 강정 같다.

이럴 수가! 바가지에 시울 닿게 담아놓은 천일염이 다용도실에 그대로 있다. 다 됐다며 의기양양 고추장만 저어대고 있는 나를 보고 소금은 얼마나 한심스러웠을까. 뒤늦게 눈에 띈 소금 바가지가 눈을 곱게 흘긴다. 얌전히 담겨있는 소금은 흐드러진 메밀꽃 밭떼기 같다. 그런가 하면 속초 앞바다에 밀려드는 하얀 포말 같기도 하다. '내가 담근 마늘 고추장이 얼마나 맛있을까.' 하는 자만심이 앞서서 알짬을 홀랑 빼먹은 것이다. '내가'라는 교만한 호기로움은 결국에 매사를 그르칠 뿐이다.

모든 음식의 맛을 최종 마무리 짓는 것은 간이다. 제아무리 산해 진미라도 간이 빠지면 죄다 헛것이다. 간의 근원이 되는 소금, 누가 이 작은 알갱이 속에 그런 재주를 말아 넣었을까? 외모는 각이 졌지만 자비로운 그 속은 아무도 흉내 낼 수 없을 것이다. 어쩌면 아가페적인 사랑은 인간 세계에만 허용되는 게 아닌 듯하다. 소금은 자신의 까칠한 모서리를 하나씩 허물어간다. 그리고는 제구실을 다하도록 상대방의 깃을 세워준다. 자신을 철저히 낮추어 완전히 무화한다. 문득 이건청의 시가 떠오른다.

"… 한 손 고등어 뱃속에 염장 질러 저물녘 노을 비낀 산굽이를 따라가고 싶던 때도 있었다. / 형형한 두 개 눈동자로 남아 상한 날들 위에 뿌려지고 싶던 때도 있었다.", 이건청, 「소금」

간은 만물의 영장이라는 사람의 육안으로도 볼 수 없다. 그것은 또한 위력적인 이빨에게는 더욱더 그 존재를 드러내지 않는다. 오직 숙

부드러운 혀에게만 그 기적을 알려준다. 혀끝만이 간을 볼 수 있다. 우리는 '김치가 맛있다. 된장찌개가 구수하다.'라고 한다. 하지만 소금이 맛있다고 하는 사람은 세상 어디에도 없을 것이다. 거기다가 우리는 내가 맛있게 만들었다며 엄지가 휘도록 꼿꼿이 세운다. 소금이 그 모습을 보면 뭐라고 할까?

소금은 염한이(염부)의 발자국 소리로 빚어진다. 염부는 바둑판 같은 염전에 바다를 가득가득 담아 말렸을 것이다. 짙은 남빛의 오대양이 바둑판 안에서 햇볕과 바람에 순응하며, 그 물기를 염부의 땀방울처럼 짜냈으리라. 고단한 그 일을 얼마나 되풀이했을까. 농사와 자식 키우는 일이 어디 하루 이틀에 이루어지는 일이던가.

사리술체 같은 소금 한 줌을 손바닥에 올려본다. 우리의 삶이 많은 이야기로 이어져 있듯이, 소금 한 알에도 별처럼 많은 이야기를 담고 있을 것이다. 그 안에는 크고 작은 새우가 떼로 몰려다니고, 집채만 한 고래까지 수많은 바다 식구들이 세상모르고 노닐고 있는 듯하다. 미역 다시마 파래 같은 해초까지…. 수많은 생명체의 얼이 깃들여 굳어진 소금이다. 그래서 모든 음식의 간을 깔축없이 맞추어내는지 모르겠다.

사람도 소금처럼 간을 잘 맞추는 이가 있다. 내 친구 경자가 그렇다. 그녀는 자칫 분위기를 흐리는 친구까지도 잘 아울러서 맛깔스런 모임으로 이끌어 간다. 가족 중에도 간을 잘 맞추는 구성원이 있다.

가지 많은 나무에 바람 잘 날 없다지만, 자녀가 많으면 그 가운데는 소금 같은 자녀가 양념처럼 끼어 있다.

어찌 된 일인지 필자의 가정은 딸들보다 사위들이 간을 더 잘 맞춘다. 큰사위가 왕소금이라면 작은사위는 맛소금이다. 남편은 가끔 나와 찌그럭거리고 나면 두 사위를 부른다. 큰사위는 처인성 막걸리 大자로 한 병 들고 냉큼 뛰어온다. 작은 사위는 오삼불고기를 듬뿍 볶아 온다. 남편은 '너의 장모님이 고집이 세졌다.'라는 둥 변함없는 레퍼토리를 늘어놓는다. 큰사위는 '아버님, 그건 좀 아닌데요.' 하면서 은근슬쩍 남편의 팔팔한 기에 왕소금을 뿌리며 간을 한다. 이 틈을 타서 작은 사위는 큰사위의 말에 맛소금 같은 추임새를 아주 적절하게 넣는다. 그러면 펄펄하던 남편은 영락없이 잘 데친 숙주나물이 된다. '허허! 너희들 말이 맞다.'라며 사위들에게 탑탑한 막걸리 잔을 내민다. 세상의 어느 아들들이 아버지와 간이 이렇게 잘 맞을까 싶다.

딸들은 모두 우리 부부를 닮았다. 개성이 강하고 말씨는 무뚝뚝하다. 그런데 두 사위는 이런 딸들과도 낭창하게 요리하고 간도 잘 맞추며 알콩달콩 살아간다. 자식 자랑은 팔불출이라지만, 열 아들 부럽지 않은 사위들이다. 셋째와 막내 사위는 아직 얼굴도 모른다. 그들 또한 깨소금 같은 청년들이기를 기대해본다.

소금은 모든 음식에 흔적 없이 녹아든다. 그리고는 '간'이라는 맛의 근원으로 거듭난다. 자연 만물은 간을 맞추듯이 서로가 누군가의 배경이 되어준다. 풀꽃의 배경이 들판과 하늘이듯이, 불잉그락 같은 여름의 배경이 애끓는 매미 소리이듯 세 끼 밥상의 배경은 소금이 아닐까?

누그름한 마늘 고추장이 달보드레하고 간간하다. 물색도 곱고 맛이 그만이다. 아니다. 고추장 속에 배어든 소금 간이 짱이다.

제5부

또 하나의 섬

홍매화 잔치

　삭막하던 마당가에 홍매화가 잔치를 벌인다. 연분홍 꽃잎들이 불어대는 꽃샘바람에 하르르 추임새를 넣는다. 흡사 둘째 언니 시집갈 때 족두리 위에 앉아 파르르 떨던 나비 같다. 어떤 것은 덩덩 덩더꿍 북소리 같은 바람의 장단에 끓어오르는 흥을 가누지 못한다. 좌우로 고꾸라지고 일어서기를 반복하다 끝내는 허공에 포물선을 그리며 발밑에 소복하다. 낙화 앞에 선 무딘 귀에, 낱장으로 흩어지는 꽃잎의 신음 소리가 아리게 파고든다. 달빛 아래서 떨어지는 홍매화는 꽃이 아니라 꽃의 혼백 같다.

　'다 괜찮아.' 꽃잎이 한꺼번에 확 피었다가 우르르 떨어지는 자연의 섭리. 나의 생과 멸도 겉모습만 달리할 뿐, 본질 세계에선 가감이 없을 터. 삼라만상을 말없이 공감해주는 단짝으로 여기면 서러울 것도 아쉬울 것도 없을 듯하다.

　달도 희고 눈도 희고 천지도 희던 지난겨울, 삭풍은 내내 뒷산의 쌉싸래한 솔잎 향을 물어 날랐다. 뒷산 참나무 우듬지에 둥지를 틀던 까치처럼. 삭풍은 또 매화나무의 벌겋게 얼어 있는 귓불에 대고 소곤소곤 꼬드겼다. 종일 내린 눈 냄새 자욱한 달밤이면 그 귓속말은 무딘 나까지 불러냈다. 숨소리 죽이며 그들의 밀회를 엿본다. 깨소금이다. 고소함에 취해서 빨간 귓불을 물어뜯는 삭풍도 아랑곳하지 않았다. 그 옛날 창호지 문이 숭숭 뚫리던 둘째 언니 첫날밤처럼. 내 나이가 몇 개인데 참 주책이다.

삭풍은 실오라기 하나 걸치지 않은 홍매의 가랑이 사이를 너나들이로 드나들었다. 그것도 심심하면 짓궂은 수작을 걸기도 했다. 맨살의 가지는 잠시 마음이 흔들리듯 기울어지다가 다시 본심으로 돌아가는 것 같다. 삭풍의 짝사랑인가? 그나마 열나흘 둥근 달은 은가루 같은 빛으로 마당을 채우며 짝사랑 편을 들어준다. 흰 구름 몇 조각은 바람과 홍매가 해찰하는 동안 오가지도 못하고 빈 가지 위에 걸려 있다.

눈발처럼 날리는 홍매 꽃잎이 어린 시절의 솜저고리를 소환한다. 그 저고리에는 소담스런 홍매꽃 무늬가 화사했다. 어느 해인가 어머니가 설빔으로 지어준 저고리, 그 시절엔 지금처럼 무시로 새 옷을 해 입는 아이들이 많지 않았다. 거의 1년에 한두 번, 설과 추석에나 새 옷을 입을 수 있었다.

설을 며칠 앞둔 함평 문장 오일장, 어머니는 포목전에서 매화꽃을 화사하게 프린팅한 포플린 몇 자를 끊어왔다. 그날 밤 어머니는 호롱불 심지를 돋우고, 단발머리 막내인 나의 팔을 펴서 앞에 세웠다. 내 키만 한 대자를 들고 품과 화장과 등 길이의 치수를 꼼꼼하게 쟀다. 그럴 때 입을 꼭 다물고 정색한 어머니의 모습은 읍내에서 유명한 '넝쿨 양장점'의 재단사 같았다.

그러고는 끊어온 포플린 천을 방바닥에 펼쳤다. 긴 대자를 대고 몽당연필 심에 침을 무쳐 가며 마름질했다. 삭삭 가위 소리만 들어도 내 마음은 벌써 설빔을 차려입은 설날 새벽으로 내달았다. 새 옷 입고 해 마중할 생각에 꿀잠은 멀어졌고, 햇솜을 톡톡히 넣어 등판에 팔을 붙이고 앞섶과 깃을 달고 옷고름을 달고, 마지막 동정을 다는 과정을 지켜보던 오달진 밤이 수십 년 너머에 있었다.

'어디 잘 맞는지 입어보자.'라며 푹신한 핫저고리를 입혀놓고 앞태 뒤태를 돌려보시던 어머니의 흐뭇한 눈길은 몇 구비의 세월이 가도 잊을 수가 없다. 새 옷 내가 배어나는 핫저고리를 입을 때마다 어머니 품 같던 그 포근함이라니, 60여 년이 지난 지금도 마른 등짝에는 그 온기가 남아 있다. 가끔 어머니가 그리워질 때면 그날의 화사하던 핫저고리가 함께 떠오른다. 홍매실 같던 한 소녀의 볼그레한 얼굴도….

스토커 같은 바람의 짝사랑에, 맨살의 홍매 가지는 죽어도 싫다며 밤마다 윙윙 앙탈을 부리더니만. 적장의 애첩이 된 포로 여인처럼, 그의 끈질긴 수작에 기어이 넘어갔나 보다. 하기야 열 번 찍어 넘어가지 않는 나무가 어디 있을까? 그런데 저 둘은 우우 불어대는 삭풍 가운데서 니캉내캉 언제 신방을 차렸을까. 앙상한 나뭇가지도 바람의 정기精氣와 맞닥뜨리면 저토록 화사한 새 생명이 움트는 것을….

홍매는 나처럼 입덧도 했을까? 삐쩍 마른 가지는 삭풍에게 새콤한 귤 한 쪽 얻어먹는 것을 본 적이 없는데? 그래도 참 용하다. 참새 발 같은 가느다란 가지 끝에까지 꽃게 알처럼 종알종알 꽃망울을 뱄다. 그러더니 오늘 아침에는 급기야 온 가지가 하얗다. 흡사 하얀 너울 쓴 신부 같다. 아마도 어젯밤 풀무처럼 불어댄 꽃샘바람에 쌀 튀밥 한 방 야물게 펑 튀긴 것 같다.

환장하게 고소한 튀밥 냄새로 마당이 온통 봄날의 잔칫집이다. 온갖 새들의 발자국 소리 요란하다. 벌 나비도 기왕 차려진 밥상에 숟가락 하나 더 얹자며 종일 나부댄다. 그 옛날 아침 밥상 가의 식객처럼. 꽃샘바람은 입이 귀에 걸려, 봉무리 고샅마다 매향을 퍼 나른다. '내 사랑 홍매가 송이송이 아이를 낳았다.'라고. 강과 기찻길이 굽이굽이 사이좋게 가듯이, 꽃샘바람과 홍매도 봄볕 속에 알콩달콩 사이가 참 좋다. 오늘 밤의 달빛은 지난밤보다 한결 더 환할 것 같다.

8동 500호 망자 아파트

　광주시 운정동에 있는 초미니 아파트촌이다. 망자의 아파트들이 몇 개의 나직나직한 산자락에 바다를 이루었다. 이곳에서는 세상 잣대인 평坪수로 인격의 품을 비교하지 않는다. 모두가 더도 덜도 할 것 없이 딱 한 평씩이다.

　빈부貧富가 한 자리에서 이토록 수평을 이룬 곳이 어디에 또 있을까? 그런데 여기에 입주하기 위해서는 반드시 두 가지 필요조건이 있다. 첫째, 숨쉬기를 완전히 멈춘 자이며. 둘째, 재물에 대한 애착의 끈을 다 놓아버린 빈손이라야 한다. 이 두 가지 중에 하나라도 맞지 않은 자는 수억 원의 웃돈을 주고도 들 수 없는 곳이다. 세상에서 입주가 가장 까다로운 아파트이다.

　한식날이다. 옛적부터 이날이면 자손들에게 탈이 없는 날이라고 이장移葬일을 많이 했다. 사실은 지하에 묻힌 조상에게 잠시나마 사월의 달디단 공기와 햇볕을 맛보여드리기 위해서일 것이다. 함평 밀재 아래 밭머리에 모셨던 부모님을 광주의 망월 묘지공원으로 이장했다.

35년 전에 모셨던 부모님의 봉분을 두 쪽으로 나누고 흙을 걷어낸다. 천 년을 간다는 석곽의 뚜껑이 얼굴을 드러낸다. 인부들이 조심스럽게 뚜껑을 연다. 서른다섯 해 전에 삼베 수의를 정갈하게 입고 누우셨던 모습은 간데없다. 몇 조각의 뼈만 남았다. 그나마 잔뼈는 이미 흙에 스몄고, 두개골과 갈비뼈 몇 개와 대퇴부, 골반 등만 남아서 부모님의 형상을 대충 짐작케 한다.

펼쳐놓은 창호지 위에 옴시레기 옮겨 놓은 어머니의 연갈색 유골이 내게 묻는다.

"막둥아, 잘 살고 있지야?"

"잘 사는 게 어떤 것인가요?"

"산 넘고 물 건너며 제 할 일을 하는 것 아니겠냐?"

명치끝에 묻혀있던 지난날의 말씀과 어머니의 형상이 몇 조각 뼈 앞에서 이토록 선명하게 되살아날 수 있다니….

이순 중반을 넘도록 부모님의 말씀대로 살지 못한 일이 태반이다. 매사에 천방지축 내 마음이 앞섰고, 그 잘난 짧은 지식과 경험으로 질정 없이 촐랑거렸다. 그래서 늘 넘어지고 자빠지고 곤두박질치기를 얼마나 했던가.

어머니와 아버지는 볕 좋은 한식날, 한평생 6남매를 등에 업고 고단했던 함평을 떠나 광주로 향한다. 그 길이 생전에 두 분의 뜻인지는 모르지만, 산고랑 음습하던 단독주택 같은 봉분을 벗어버렸다. 가는 길에 영락원 화장장에도 들렀다. 몇 개의 뼈마저 화덕에서 가루가 되었다. 초미니 아파트에 들기 위해서는 뼈 몇 조각도 버거우신가 보다.

화장장에서 내어준 두 개의 얄팍한 나무상자에는 하얀 가루 한 줌씩 담겼다. 상자는 고향집 마당에 쌓이던 눈같이 하얀 보자기를 수의 壽衣처럼 둘렀다. 선비 같던 아버지와 농사일에 억척이신 어머니는 생전에 많이 다투었다. 그런데 오늘은 장조카의 차 뒷좌석에 나란히 앉아서 아무 말이 없다. 두 분을 품에 사뿐히 안는다. 아니다, 내가 부모님에게 마지막 안긴 것이다. 화덕의 열기인 듯 아직 따뜻한 온기가 발딱거리는 내 심장에 스민다. '그래, 괜찮다. 남은 시상 잘 살아내고 오니라.' 목함에 얼굴을 묻은 내 귓전에 아버지의 음성이 법문처럼 얹힌다.

1호짜리 케이크 상자만 한 목함을 장조카의 손에 옮겨주는데, 어머니가 16년이나 먼저 가신 아버지보다 오히려 가볍다. 연약한 몸에 6남매를 열 달씩 품어서 물과 피로 다 빚어내고, 바람 든 무처럼 퍼석하던 어머니는 유골의 무게도 깃털 같은가.

이승에서 어머니 아버지와 함께 걷는 마지막 길, 8묘원 언덕을 오른다. 햇솜 구름과 잔바람, 마른 잔디까지도 아쉬운 듯 숨을 죽인다. 이 길이 끝나면 대자연의 품으로 영원히 보내드려야 한다. 여기에 '영원'보다 더 적절한 말이 또 있을까? 삶과 죽음이 한 길 위에 있다지만, 그것은 오직 산 자들이 죽음의 두려움에서 자유롭기 위하여 에두르는 말이 아닐까? 말짱 허구인 듯하다. 동행할 수 있는 길의 한계는 바로 여기까지인 것을. 절대 한 길 위에 존재할 수 없는 삶과 죽음이다.

8동 500호 아파트 앞이다. 앙증스런 한 평짜리 산소 앞에는 부모님의 증손들까지 4대가 오불오불 모였다. 아파트의 현관문은 열려 있고, 지름 한 뼘 정도의 홈 두 개를 옴막하게 파 놓았다. 어머니 아버지가 거하실 옹솥만 한 방이다. 봄 햇살이 그 안에 동그랗게 똬리를 틀었다. 볕에 달구어진 구들장이 오래도록 식지 않으면 좋겠다. 부모님은 한 겹 보자기마저 벗어버리고 옹솥 같은 방의 햇살 똬리 위에 살포시 좌정하신다. 개나리 새순 같은 어린 자손들도 숙연하게 둘러섰다. 땅 위에 남겨진 우리들, 이 세상에 머무는 동안 무엇을 더 가지려고 아옹다옹한단 말인가.

인부들이 목함을 열고 보실한 흙을 떠 넣는다. 한 삽, 두 삽을 넣으니 목함이 벌써 넘친다. 부모님은 흙마저 많이 덮는 것을 사양하며, 마지막을 받아준 흙의 도량度量에 겸손해하신다. 그 위에 명함 석 자 아로새긴 접시만 한 검은색 대리석을 꾹 눌러 덮고 마무리한다. 대리석 명패는 생전에 아버지의 소박한 밥상에 올리던 갈치구이 접시만 하다. 그 접시에는 식사 후에도 늘 막둥이 것 한 토막이 남아 있었다.

8묘원 주위를 울타리처럼 둘러선 신우대 숲에서 소소한 바람이 사운거린다. 요지경 같은 인생살이가 바닷가 모래 위의 한갓 풍문風紋이 아닐까. 나도 이승에서 허상 같은 바람 무늬를 모두 그리고 나면 이런 아파트 단지에 입주하게 되겠지.

푸르른 책가방

　그 친구의 마력은 대단하다. 43년의 전업주부를 순식간에 싱싱한 여학생으로 바꾸어놓는다. 그와 함께 학교에 갈 때면 이순 중반의 나이를 까맣게 잊어버린다. 마음은 10대의 연두 이파리처럼 살랑거린다. 세상의 어떤 마술사도 흉내 낼 수 없는 마력이다. 그런 친구와 14년 지기인 나는 참 행운아다.

　평범한 검은색 서류 가방, 가방 가장자리 구석에 방송통신대학교라는 명패가 파란색으로 선명하다. 오래전 남편의 후배로부터 받은 것인데, 딸들은 별 쓸모가 없다며 모두 거절했다. 구석에서 먼지만 뒤집어쓰고 있던 차에 요긴하게 쓰일 기회가 왔다. 사람도 그렇다. 성급하게 설레발치지 않고, 묵묵히 준비 잘하고 기다리면 반드시 찾아주는 사람이 있다.

　14년 전, 경인교대 평생교육원 문예창작반 개강하던 날이다. 노트를 담을 적당한 가방을 찾던 중에 그 가방이 눈에 확 들어왔다. 마치 가방은 그날을 기다리고 있었다는 듯이 반색했다. 먼지를 털어내고 닦으니 말짱했다. 지퍼도 다섯 개나 달려 수납공간도 넉넉했다. 책가방으로 딱 맞춤이었다.

가방은 그날부터 지금까지 줄곧 함께하고 있다. 그와 함께 등교하는 날은 늦깎이의 몸과 마음이 문학을 향한 초록빛으로 넘실거린다. 쓸모없을 것 같던 가방은 가장 쓸모 있는 동반자 역할을 톡톡히 하고 있다. 이기심으로 가득 찬 나는 주위 사람들에게 나를 얼마나 내어 주고 있을까. 나눌 부분이 겨자씨만큼이라도 있기나 할까.

가방은 지퍼 다섯 줄 외에도 안쪽 옆면에 널찍한 주머니가 하나 있다. 그곳에는 따끈한 신작 수필을 담아가는 공간으로 사용한다. 문우들의 칼날 같은 합평을 받아 다시 그 주머니에 담아오기를 계속하고 있다. 거기에 신작 프린트물을 빵빵하게 채우고 갈 때면, 보릿고개를 넘던 시절에 어쩌다 푸짐하게 먹은 저녁밥처럼 배가 든든하다.

긴 세월이었지만, 가방의 몸통은 멀쩡하고 지퍼 하나도 망가지지 않았다. 다만 손잡이가 닳아서 하얗게 한 꺼풀 벗겨졌을 뿐이다. 그동안 딸들이 가방이 싫증나지 않으냐며 산뜻한 디자인으로 몇 번 사왔다. 그때마다 밤새 가방을 개비해서 다음 날 아침에 손에 들어보면, 흡사 남의 옷을 빌려 입은 것처럼 엉성하고 낯설었다. 그래서 다시 원상 복귀하느라 아침이 부산스럽기만 했다.

나에게 있어서 그 가방은 그저 단순한 책가방이 아니라 그동안 내 몸의 일부가 되었다. 등교할 때 들고 나서면 더없이 안정감 있고 든든하다. 나의 부족한 총기라도 다 채워줄 것처럼 자신감도 준다. 마치 중학교 입시 치르러 가던 날, 긴장되어 땀이 밴 손을 꼭 쥐고 데려다 주던 큰오빠 같다.

그동안 결석한 날은 다섯 손가락 안에 든다. 확인이 불가하고 어떤 그릇에도 모두 담을 수 없는 오욕칠정이라는 문학을 좇아 종종걸음을 쳤다. 그런데 요즈음 뜬금없는 장애물을 만나서 석 달째 결석하고 있다. 아무런 속내를 모르는 가방은 우두커니 앉아 원망의 눈빛을 보낸다. '혹시 핸섬한 새 친구가 생겨서 나를 버렸나요?' 하는 눈매다. 그게 아니라며 가방의 지퍼마다 열어본다. 그중에 안쪽의 신작품 주머니가 풀이 많이 죽어 있다. 아사餓死 직전이란다.

지난해 연말부터 발생한 코로나19 바이러스가 3월이 다 가도록 기승을 떨치며 온 세계를 덮치고 있다. 이번 바이러스는 전염성이 너무나 강해서 사람과 사람의 접근을 최대한 줄여야 한다니, 급기야 각 학교와 종교단체 등의 모든 모임이 연기되었다. 대형마트나 백화점들이 썰렁하다. 세상이 온통 빙하 같은 정적 속에 잠겨버렸다.

물정 모르고 원망하던 가방은 이제야 이해를 하는 듯하다. 하지만 세상이 아무리 어지러워도 하던 일을 묵묵히 하다 보면 그 또한 지나가지 않겠느냐며 안심시킨다. 그러니 새내기 작가는 어서 연필을 잡으라고 한다. 글감을 찾지 못하면 자신이 소재가 되어주겠다며 턱밑으로 몸을 들이민다. '그래, 너는 역시 14년 벗이구나!'

오랜만에 지퍼를 열어 습작노트를 뒤적여본다. 기분 좋은 종이 내음이 코끝에 닿는다. 낱장 갈피가 어릴 적 허리에 메던 책보자기를 소환한다. 하굣길에 자운영꽃 곱게 핀 개울둑에 책보자기를 풀어 놓고, 고무신 벗어 우렁이며 고둥을 줍던 재미는 꿀맛이었다. 그 당시에는 책가방이 무척 귀했다. 70여 명의 반 친구 중에 책가방을 든 친구는 고작 한두 명이었다.

책보자기를 메고 집에 오다가 갑자기 작달비라도 만나면 내리 맞으며 냅다 뛰는 게 상책이었다. 필통에 나란히 담은 연필심이 모두 부러질 것을 알지만. 5리나 되는 신작로를 빗속에 달리고 나면, 등에 매미처럼 붙어 있던 책보자기는 흥건히 젖었다. 포플린 블라우스 소맷부리와 치맛단에서는 하늘에서 내리는 비보다 더 굵은 빗줄기가 줄줄 내렸다.

그날 밤에는 지붕에 흥부네 박이 뒹구는 초가의 뭉근한 아랫목에서 국어, 산수, 사회, 자연 책들이 밤새 젖은 몸을 자반뒤집기를 했다. 가방에 담겼더라면 옷은 젖어도 책은 보송했을 텐데…. 다음 날 아침이면 세계지도를 그린 책장은 풀을 먹인 듯 빳빳하게 깃을 세웠다. 심이 부러진 연필은 다시 깎아서 필통에 키대로 줄을 세웠고. 그토록 부럽던 책가방은 여중학교 입학할 때에야 갖게 되었다.

늦깎이 글쟁이가 학교 가는 날, 검은색 가방을 손에 들면 쭈글쭈글한 내 옆구리에서 푸르른 날개가 돋는다, J여중학교 입학하던 바로 그 날처럼.

토종닭 복달임

해마다 복날이 오면 어릴 때 어머니가 끓여주던 백숙이 먹고 싶다. 70년 만에 찾아온 살인적인 더위라고 외쳐대는 매스컴의 목소리가 수은주를 더욱 끌어올린다. 에어컨은 고사하고 선풍기도 없던 그 시절, 우리 어머니들은 삼복더위의 등짝을 어떻게 떠밀었을까?

초복을 하루 앞두고 오산 재래시장 닭집에서 듬직한 토종닭을 사왔다. 토종닭이라고는 하지만, 양계장 철망 안에서 인공사료를 먹고 자라지 않았을까. 그렇다고 얼굴에 땀범벅인 닭집 주인에게 울타리 밑에서 지렁이 먹고 자란 진짜 토종닭이냐고 물을 수가 없었다. 무주 구천동으로나 가보라고 할 것 같아서였다.

친정어머니는 복날이 되면 암팡진 씨암탉을 잡았다. 그리고는 햇마늘 한 바가지 까넣어 다리뼈가 쑥 볼가지도록 가마솥에 푹 고았다. 고기를 건져서 죽죽 찢어 깨소금에 찍어 먹으면 어찌나 쫄깃하고 쌈박하던지…. 그뿐 아니다. 닭을 삶아낸 뽀얀 국물에 찹쌀을 넣어 쌀알이 툭툭 퍼지게 끓여낸 닭죽은 혀끝에 찰싹 달라붙었다. 뜨거운 국물이 목젖을 넘어 밥줄을 타고 내려가면 오장육부가 뜨겁기는커녕 오히려 시원했다. 연일 쇠심줄처럼 질기게 들볶던 복더위는 닭 한 마리의 복달임에 삼십육계 줄행랑을 놓았다.

그 시절을 생각하며 마당 가에 걸어놓은 자그마한 가마솥에 백숙을 안친다. 깐 마늘 한 바가지를 유사 토종닭의 배 안에 꾹꾹 질러넣고 장작불을 지핀다. 한여름에 아궁이 앞에서 불 때기란 그리 만만한 일이 아니다. 몇 년 전에 호미 고치러 갔던 수원 지동시장 대장간의 풀무 앞에 선 듯하다. 벌건 얼굴에서는 땀이 비오듯 하고, 가슴팍과 등줄기에는 알땀이 방울방울 맺혀 구른다. 그래도 에어컨 빵빵한 주방 안의 가스레인지를 손사래치고, 굳이 장작불로 옛날 친정어머니 흉내를 내어본다. 알짜 토종닭이 아닐지라도, 내심 어린 시절의 쌈박하던 토종닭 맛을 기대하며. 온 정성을 들여 불을 지핀다.

푹 고아진 고기를 건져서 함지에 죽죽 찢어 뼈를 발라낸다. 잘 고아진 고기는 손만 대어도 뼈가 스르륵 빠진다. 닭 고는 냄새를 따라온 들고양이가 멀찍이 앉아 핑크빛 코를 벌름거린다. '그래, 오늘은 너도 복달임해라.' 발라낸 뼈를 울 밑에 오롯이 놓아준다. 손주들의 고사리손이 깨소금 종지에 바쁘게 드나든다. '할머니 최고!'라며 치켜세우는 엄지를 보면 등줄기에 구르던 알땀이 싹 갠다. 어린 시절에 복달임하던 저녁 풍경이 손주들의 해맑간 얼굴에 한 줄기 산들바람처럼 스쳐 간다.

그 시절, 더위와 모기 퇴치는 마른 죽순 껍질로 엮은 둔탁한 부채가 전부였다. 극성스런 매미 소리에 감나무의 감들은 얼이 다 빠졌을까? 얼빠진 풋감 떨어지는 소리가 간간이 들리던 복날 밤, 어둠이 자박자박 찾아오면 죽순 부채를 들고 황복어 같은 배를 멍석에 부렸다. 멍석 옆에는 매움한 모깃불 연기가 밤안개처럼 피어올랐고, 탱자만 한 별들은 손에 닿을 듯 눈앞에 내려왔다. 오빠 별, 언니 별, 내 별을 헤아리며 밤이슬에 러닝셔츠와 베잠방이를 흠뻑 젖던 밤이었다. 여름내 땀에 절어 허출하던 우리 가족은 토종닭 복달임으로 놋쇠라도 녹일 듯한 여름 강을 너끈히 건너곤 했다.

가마솥 남실하게 끓인 쌈박한 닭죽은 양푼에 담겨 앞집 옆집 뒷집으로 키 낮은 울타리를 넘기도 했다. 설 명절이면 모양도 맛도 엇비슷한 쑥떡 접시가 이집 저집으로 오작가작하듯이. 한여름 밤, 이웃사촌의 마음들이 닭죽 양푼에 빡빡하게 담기곤 했다.

오늘 내가 곤 토종닭은 어디서 어떻게 무엇을 먹고 자랐을까? 어린 시절에 복달임하던 토종닭은 어미 닭이 유정란을 삼칠일 동안 품어서 부화한 것들이다. 그 병아리들은 나와 한 마당에서 자랐다. 그래서인지 병아리들은 가까이 가도 피하지 않았다. 솜털이 보송한 병아리는 나에게 반려 고양이 같은 존재였다. 종종거리는 병아리를 감싸 안을 때면 병아리 가슴에서 발딱거리는 소리가 뭉근한 온기와 함께 솜털을 헤치고 내게로 건너왔다.

수십여 병아리 대가족은 어미 닭을 붙좇으며 흙 마당과 텃밭에서 하고많은 끼니를 해결했다. 어미 닭은 매가 초원의 속내를 훤히 알고 있듯이, 병아리들이 좋아하는 먹거리가 있을 만한 곳을 샅샅이 알고 있는 듯했다. 새벽에 홰를 치고 눈을 뜨면, 농부가 자드락 밭을 파듯이 울타리 밑이나 텃밭 두엄자리를 부지런히 후비고 다녔다. 부지런한 농부의 가을 곳간이 그득하듯이, 병아리들의 모이주머니는 풀여치, 지렁이, 굼벵이 같은 고단백 양식으로 늘 빵빵했다. 신선한 상추, 배추, 무청 등으로 후식까지 야물게 챙겼으니, 그들의 고기 맛을 어찌 양계장 닭에 비교할 수 있을까.

그 암탉들은 사는 동안 내내 알을 낳아서 우리에게 단백질을 대주었고, 알을 품어서 수십 마리의 차세대 토종닭으로 키워내기도 했다. 마지막엔 노구老軀의 몸마저 더위에 지친 우리에게 옴싹 내주었다. 깃털만 한 공치사도 손사래치고, 어떤 대가도 흥정하려 들지 않았다. 사람한테서는 눈 씻고도 찾아볼 수 없는 보시를 한 셈이다. 돌아보니 숨탄것들 중에도 토종닭에게 진 빚이 참 크다.

항아리 뒤주

두 말들이 질항아리에서 저녁 지을 쌀을 푼다. 그 안에는 밥 양을 가늠하는 종그래기도 하나 들어 있다. 그것으로 고봉 하나면 우리 부부 딱 맞춤의 한 끼가 된다. 하지만 항상 하나 반을 뜬다. 올 사람 없어도 밥솥에 한 공기 정도의 여유 밥을 두어야 마음이 낙낙해서다.

춤이 낮은 이 항아리는 10여 년 동안 장독대에서 햇된장 가를 때 제 몫을 잘 감당하던 것이다. 그런데 몇 년 전에 이사하다가 그만 항아리 배에 임산부 배의 튼살 같은 실금이 생겼다. 손에 닳은 항아리이지만, 간장도 된장도 담을 수 없으니 깔밋한 장독대에서 내칠 수밖에 없었다. 그래도 선뜻 버리지 못하고 장독대 구석에 한동안 우두커니 세워두었다.

'이 항아리에 마른 것은 담아도 되겠지.' 이런 생각이 왜 이제야 든 것일까? 자리를 잃었던 항아리를 다용도실로 옮겨서 쌀 뒤주로 사용하기 시작했다. 실금 간 항아리는 장독대의 반들반들한 친구들 축에 끼어 있지 못하지만, 그보다 더 고임을 받으며 후반의 삶을 이어가고 있다. 끼니때마다 주인의 손길을 받을 수 있으니 그게 어딘가. 밋밋하고 심심한 나의 늘그막 인생보다 훨씬 나은 것 같다.

플라스틱으로 만든 신식 쌀통은 버튼만 누르면 1인분씩 좌르르 쏟아진다. 쌀을 푸려고 허리 굽히지 않고 밥 양을 가늠하기도 편리할지 모른다. 그러나 그것은 어쩐지 좀스러워서 정이 가지 않는다. 사람도 도량이 좁으면 그렇다. 뭐든지 자로 잰 듯이 정확하고 깔끔해서 좋을 것 같지만, 실상은 그 옆에 가면 찬바람이 돈다. 하지만 손익을 따지지 않고 융통성 있는 사람은 옆 사람까지 푸근하다. 항아리에 담긴 쌀을 종그래기로 푹푹 떠서 지은 밥이 왠지 찰기가 더 있는 것 같다.

항아리 뒤주의 쌀은 한여름에도 좀이 생기지 않는다. 항아리가 몸 전체로 들숨 날숨을 쉬기 때문이리라. 그런저런 이유도 있지만, 실금 간 항아리를 선뜻 뒤주로 재사용하게 된 데는, 어릴 적에 어둑한 광에 좌장처럼 자리하던 친정어머니의 쌀독 때문인 듯하다. 친정어머니는 쌀독을 집안의 세간 중에서 가장 아꼈다. 그 독은 춤이 나지막하고 배가 유난히 팡팡한 오지항아리였다. 앙바틈하게 생긴 모양은 농사일 잘하던 셋째 언니처럼 다부져 보였다. 쌀 한 가마니를 담아도 낙낙했다. 그래서 어머니는 장독대에서 쌀독으로 간택하여 광으로 자리를 옮겼다.

어머니는 가을에 벼를 처음 수확하여 방아를 찧으면, 그 햅쌀을 맨 먼저 신전 같은 쌀독에 고봉으로 채웠다. 그 위에는 눈처럼 하얀 사발에 정화수도 남실하게 올렸다. '밥을 안 먹어도 어찌 이리 배가 부르다냐?'라며 해맑게 웃던 친정어머니의 얼굴, 오늘 다용도실에 앉은 항아리 뒤주의 실금에 어린다.

어머니의 쌀독에는 항상 밥 양을 가늠하는 중치쯤 되는 박 바가지가 들어 있었다. 그 바가지 바닥에는 어머니의 비밀 같은 무엇인가가 도도록하게 붙어 있었다. 나중에 알고 보니 어디서 어떻게 구했는지 두꺼비 허물을 말려서 한지에 싸서 쌀 바가지 밑바닥에 부적처럼 붙여 두었던 것이다. 어머니는 미물인 두꺼비가 복을 지니고 있다고 신앙처럼 믿은 것 같다, 그 허물이라도 거기에 붙여두면 쌀독에 쌀이 동나는 일이 없을 것이라고. 그래서인지 혹독한 흉년에도 그 쌀독은 온 식구의 허기를 간당간당 달래주었다. 새벽마다 맑은 정화수 한 그릇 품고 살던 어머니의 그 마음이 한 꿰미에 꿰어진다.

긴긴 봄날 주전부리감이 귀하던 그 시절 우리들의 입은 늘 굴풋했다. 하굣길에 밀 보리 이삭을 손바닥이 벌게지도록 비벼먹었다. 그래도 가시지 않는 허기는 뱃속에서 꼬르륵거리며 터줏대감처럼 존재를 과시했다. 어린 시절 나를 키운 7할은 가난이었던 것 같다. 그 가난은 어릴 적 고랑마다 부스럼처럼 굳어 있지만, 그것은 오히려 비바람에 견딜 수 있는 내성을 더 짱짱하게 길러주기도 했다.

책보를 마루에 풀자마자 부엌으로 들어가곤 했는데, 그때마다 찬장과 선반 그 어디에서도 입 다실 것은 나오지 않았다. 포기하지 않고 어머니의 신전인 광으로 생쥐처럼 스며들었다. 그런다고 손쉽게 먹을 것이 쌓여 있는 광도 아니었다. 기껏해야 보릿자루, 통밀 자루, 콩팥 자루가 어둑한 광에 엎드려 있을 뿐이었다. 결국은 오지항아리 쌀 뒤주에서 백진주 같은 쌀 몇 줌을 주머니에 담고 나왔다. 맷돌 같은 어금니는 해가 맞도록 애꿎은 침샘을 자극하며 생쌀을 갈아냈다. 그때 입안에 가득 채워지던 달보드레하고 담백한 쌀물의 뒷맛은 지금도 혀끝에 아련하다. 쌀이 잘랑거리는 주머니 속을 생쥐처럼 드나들던 손, 요즘 아이들이 고소한 트랜스지방 맛에 젖어서 온갖 과자 봉지에 손이 자주 가듯이. 주머니에 낭창하던 쌀은 허구한 날 해동갑을 했다.

어머니가 저녁 지으려고 쌀독을 열다가 어떻게 알았을까?

"막둥아, 생쌀 많이 묵으면 이빨 다 썩는당께. 잉?"

어린 시절에 어머니 말씀 안 듣고 생쌀로 주전부리를 일삼던 막둥이, 그래서 그런지 불혹을 갓 넘으면서 애꿎은 잇몸에 임플란트 나사못을 줄줄이 박느라 곤욕을 치렀다.

실금이 간 쌀독은 다용도실 한쪽에 나붓이 앉아서 나와 함께 세월을 건너고 있다. 비록 두꺼비 허물은 붙이지 못했지만, 조롱박 종그래기 하나 품고 해낙낙하다. 늘그막 인생에 또 하나의 동행자다. 해가 설핏한 초겨울 저녁에 항아리 뒤주에서 고봉으로 한 종그래기 반, 쌀을 푼다.

아버지의 고무신

1번 국도를 타고 수원종합운동장 사거리를 지나고 있다.

"신발보다 더 싼 타이어!"

차창으로 확 뛰어든 타이어가게 현수막이다. 신발과 타이어, 어디서 많이 보았던 이미지이다. 맞다. 그 옛날 '타이어 표 고무신'이 있었지. 저 가게 사장님도 타이어 표 고무신을 신어보았을까?

어릴 적 장날에 어머니를 따라서 신발가게에 가면, 어른 아이 할 것 없이 모두 즐겨 신는 타이어 표 고무신이 대세를 이루었다. 헌 타이어를 녹여서 빚어낸 듯한 검정 고무신도 인기가 좋았다. 고무신 안쪽 바닥에 잉크 색으로 자동차 타이어가 선명하게 그려져 있고, 바깥쪽 바닥 중심에도 자동차 타이어가 볼록하게 찍혀 있었다. 신발이 펑크가 나도록 낡아도 그 볼록한 타이어는 흔적이 남아 있었다.

새 고무신을 신으면 발걸음이 몇 배로 빨라지는 것은, 신발에 새겨진 자동차 바퀴 때문이었을까? 5리가 넘는 학교 길도 이웃집 가듯 금방이었다. 고무신의 말랑말랑한 촉감은 발이 신을 신는 게 아니라, 고무신이 발에 다가와 착 감기는 느낌이었다. 그 감촉은 발뒤꿈치에 물집이 잡히는 요즘의 고고한 새 구두나 운동화와는 아주 달랐다. 빗물이 새어들지 않는 새 고무신, 외씨 같은 발이 얼마나 뽀송했던지. 신을 벗은 발에서는 새 고무신의 날내가 들꽃 향기처럼 배어났다.

아버지의 흰 고무신하고는 사연이 깊다. 아버지는 외출할 일이 있을 때면 전날 오후부터 흰 고무신 닦는 일을 당부하셨다. 그 일은 언제나 막내인 내 몫이었다. 그때는 '왜 나만…' 하며 싫었지만, 지금 돌아보면 내가 아버지를 위해서 한 일 중에, 아버지의 얼굴을 가장 환하게 해드린 일이 고무신 닦아드린 일 같다. 날마다 하는 일도 아니고, 어쩌다 고무신 한 번 닦는 일이 무엇이 그리 대단하다고 입을 뽀로통했는지. 상냥하게 닦아드렸으면 얼마나 좋았을까. 후회하지만 모시 두루마기에 흰 고무신 차림으로 나들이하시던 아버지는 이제 그림자조차 볼 수가 없다.

장날이나 각종 애경사 참석을 앞두고 전날 오후에는 어김없이 아버지 고무신을 닦았다. 짚수세미에 쑥떡 덩어리 같은 빨랫비누(양잿물을 끓여 쌀겨와 반죽해서 만든 비누)를 듬뿍 묻혀서 박박 문지르면, 회백색 때 국물이 오달지게 벗어졌다. 몇 번 헹궈내면 부시게 하얀 고무신이 되었고, 그 신발에서는 금방 찬물에 세수한 내 얼굴처럼 새물내가 났다. 윤기 나는 하얀 신발을 볕이 잘 드는 툇마루에 나란히 엎어놓으면, 구겨졌던 마음이 숯불 다리미로 다린 듯 쫙 펴졌다.

그날 저녁 일기장에는 아버지의 고무신 닦은 내용으로 풍성했다. 일기를 쓸 때면 항상 무엇을 쓸 것인가 고민하며, '무엇을 먹었다. 누구랑 놀았다.'가 주된 내용이었는데, 그날은 고민하지 않아도 연필 끝에서 그럴듯한 문장이 술술 풀어져 나왔다. 다음날, 일기장 검사에 자랑스럽게 내놓던 일기 공책. 선생님은 읽어보신 후, 말미에 '참 잘했구나.' 사인처럼 남겨주시던 한 말씀은 나를 키우는 엑기스가 되었던 것 같다.

아버지는 가슬가슬한 모시두루마기를 입고, 물이 잘 빠진 흰 고무신에 발을 담다가 선물처럼 한 말씀 귀에 넣어주셨다.

"아따 우리 막둥이 신 잘 닦았구나."

흔치 않던 아버지의 칭찬에 마음은 고래처럼 춤을 추었다. 서당 훈장이신 아버지는 늘 엄하기만 했다. 웬만해서는 우리 6남매에게 칭찬을 하지 않았다. 그래서 어쩌다 듣는 아버지의 칭찬 한마디는 세상을 얻은 듯 흡족했다.

그날 흰 고무신은 아버지를 모시고 십 리 밖에 사는 사촌 결혼식에 다녀왔다. 버스 길이 트이지 않은 함평 대동면의 산골 부락이었다. 고무신은 오솔길과 신작로 30리를 걸어서 왕복했으니 얼마나 고단했을까. 해거름에 돌아올 때, 흰 고무신은 탁주에 흥건히 취해 불콰한 노을빛이 되어 있었다. 항상 꼿꼿하고 정갈하던 아버지도 그날은 취한 신발이 이끄는 대로 두 발을 맡기고, 희미하게 흔들렸다. 타령조 콧노래도 흥얼거리셨다. 엄하신 아버지에게 노래까지 부르게 하는 탁주의 힘은 우리 자매들의 어떤 재롱보다 훨씬 웃도는 것을 그때 알았다. 하늘처럼 높고, 산처럼 커다랗게만 보이던 아버지가 그날따라 한없이 가깝고 작게 느껴졌다.

아버지의 흰 고무신은 땀이 흥건한 채로 다음 날 아침까지 댓돌 위에서 내쳐 코까지 곯아 가며 나가떨어졌다. 떠오르는 햇살에 화들짝 눈을 뜬 신발은 피로가 덜 풀린 아버지의 고단한 발을 또 담고 우시장으로, 대실 논으로 출근하여 분주한 발 도장을 찍었다. 흰 고무신은 해가 서산을 꼴딱 넘어서야 아버지의 땀에 젖은 발을 빼내고 댓돌 위에 사지를 쭉 펼 수 있었다. 그날 밤, 하늘에는 햇솜 구름이 유난히 뭉글뭉글 흘렀다. 그 햇솜 너머에 떠 있는 외짝 흰 고무신 같은 반달은 밤이 맞도록 댓돌 위 아버지의 고무신과 무슨 이야기를 나누었을까?

아버지의 흰 고무신 생애의 8할은 길바닥에 머물러 있었다. 도톰하던 고무신 바닥은 길 위에서 종잇장처럼 얇아졌고, 펑크가 나서 잔자갈이 들어올 즈음, '흰 고무신짝'이 되어 엿장수 지게 엿판 아래에서 고단한 생을 마쳤다.

자동차 타이어를 닦을 때면 아버지의 고무신이 떠오르곤 한다.

엄마의 호미손

4년 전, 아파트 숲을 떠나서 단독주택에 살고 있다. 50평 정도의 텃밭이 딸려 있다. 덕분에 겨울 한 철 말고는 거의 날마다 손에 들고 노는 놀이기구가 생겼다.

이곳에 오기 전에는, 길가에 지천으로 돋아 바람결에 손짓하는 풀잎을 보면 무척 감미로웠다. 그런데 웬걸, 내 텃밭에 무성한 잡초는 매우 마뜩찮다. 그것들은 산야의 풀보다 자라는 속도가 곱절이나 빠른 듯하다. 아마도 배추, 무 등 채소가 먹어야 할 양분을 새치기해서 빼앗아 먹었을 것이다.

통통한 풀들은 매고 돌아서면 금새 또 우북하다. 맞장뜨자고 끈질기게 달려드는 걔들은 6·25 때 인해전술로 밀고 내려온 중공군 같다. 목을 쳐도, 중둥을 부러뜨려도 끄떡없다. 실뿌리까지 옴싹 들어내어 씨를 말리기 전에는 어떤 무기로도 KO시킬 수가 없다. 그렇다고 월남전 때 미군처럼 생화학무기를 살포할 수도 없지 않은가. 명아주, 쇠비름, 바랭이, 까마중, 쇠뜨기 등 군번 같은 이름표도 죄 달았다. 79억 세계 인구 중에 똑같은 얼굴이 하나도 없듯이 많은 풀잎의 모양도 제각각이다. 이름 없는 풀도 없다. 그들은 이른 봄 해토가 되면 '너만 풀이냐?' 경쟁하듯이 대가리를 들이민다.

고구마 두둑에 웅긋쭝긋 솟아오른 쇠뜨기를 맨다. 장날 우시장으로 팔려가던 소가 외양간 문턱에 뒷발로 버티듯이, 질기게 버티던 쇠뜨기 뿌리다. 우연일까, 이름조차 소를 연상케 하는 쇠뜨기다. 그런데 비 온 뒤끝이라 실없이 끌려 나온다. 호미로 콕 찍어 긴 뿌리를 끝까지 뽑아내는 재미가 옹골지다. 어떤 것은 국수 가닥처럼 한 번에 아들, 손자, 며느리 일가족이 옴싹 딸려 나오기도 한다. 횡재다. 뚝 끊어진 뿌리 끝에 어릴 적 고향의 사래 긴 밭이 통째로 따라 올라온다. 초록빛 보리밭 물결에 백로 한 마리가 온종일 밭고랑을 오르내렸다. 날개 접은 백로 같은 어머니의 박꽃색 무명치마는, 반 백 년이 흘렀어도 마음속에 아릿하게 둥지를 틀고 있다.

그때, 호미는 밭을 매는 연장이라기보다는 어머니 손의 연장延長인 양, 어머니의 손에 늘 매달려 있었다. 그래서 한 해가 지나고 나면 호미 서너 자루는 날이 무뎌지고 손잡이도 망가졌다. 농사일을 마친 늦가을에 아버지가 쟁기 보습을 갈아 끼우듯이, 어머니는 닳아지고 망가진 호미들을 몰고 가서 대장간에 맡겼다.

호미 한 자루 살 때도, 도라지 뿌리처럼 여러 골로 갈라진 장마당

길을 누비며 발품을 들이던 어머니, 호미를 고르는 어머니의 눈은 장인의 눈빛처럼 예리했다. 수십 개의 호미를 쥐어보고, 특히 호미의 날에 마음을 많이 쓰는 것 같았다. 눈을 가늘게 뜨고 호미의 날을 살펴보는 것으로는 만족하지 않았다. 호미의 푸른 날을 옹이 박힌 갈퀴손으로 어름사니가 외줄을 타듯이 조심스레 쓸어보았다. 어머니의 손에 작두신이라도 내린 것일까? 푸른빛이 나는 호미의 날인데도 쓸어내린 손가락 하나 상하지 않았다. 아니다. 구근처럼 불거진 손마디가 서슬 푸른 날을 막아낸 것이다. 어머니의 닳아진 손가락엔 지문이 보이지 않았다. 예리한 호미의 날이 무뎌지듯이….

호미자루를 딱 쥐었을 때, 호미가 손에 착 감기며 어머니의 손을 알아보고, 어머니도 호미를 알아보는 순간, 어머니의 손과 호미는 하나가 되었다. 한순간에 눈을 딱 맞춘 청춘 남녀처럼. 호미자루를 4년 정도 잡아보니 그때 어머니의 마음을 조금 알 듯하다.

호미의 날이 고르게 벼려졌는지도 중요하지만, 호미자루가 대패질이 잘되어 결이 고운 것도 그에 못지않게 중요하다. 거칠거나 옹이가 든 나무자루는 잡는 손에까지 물집을 만들기 십상이다. 요즘 농기구점에서 호미를 살 때면, 진열된 수십 자루의 호미를 거의 다 쥐어보게 된다. '3천 원짜리 호미 한 자루 사면서 뭘 그렇게 뒤적이나?' 하는 듯 주인의 눈빛이 따가울 때쯤 까다로운 간택은 끝난다. 그 옛날 장터에서의 어머니를 닮아가는 것 같다.

그렇게 해서 모인 호미가 열두 자루다. 잡초와의 전쟁터에 언제든지 출격할 수 있는 호위무사들이다. 바다 같은 밭을 짓던 어머니도 마루 밑에 5분 대기조 호미는 고작 서너 자루였다. 그런데 손수건만 한 텃밭 뙈기 하나 지으며 호위무사 열둘을 거느리고 있다. 과분한 호사 아닐까? 글씨 못 쓰는 사람이 지필묵 탓만 하는 것처럼, 일은 못하면서 호미만 사들이는 얼치기 농부다.

평생을 호미자루와 혼연일체로 사신 어머니, 희고 곱던 손에는 소나무 옹이 같은 굳은살이 총총 박여있었다. 그 손은 우리 6남매를 길러낸 약손이기도 했다. 병원도 약국도 멀기만 했던 그 시절, 밤에 배탈이라도 나면 어머니의 꺼칠꺼칠한 옹이 손이 어김없이 다가왔다. 명치끝부터 부글거리는 아랫배까지 호미로 흙살을 매만지듯이 쓸어내렸다. 어머니의 호미 손에는 호미에서 전이된 치료하는 지력地力이 듬뿍 차 있었을까?

"엄마 손은 약손."

잠이 눅진하게 묻은 엄마의 주술에, 창자를 쥐어짜듯이 아프던 뱃속이 어느새 스르르 잠이 들곤 했다. 지금도 어머니를 생각하면 어머니의 손에 들린 닳아진 호미가 함께 떠오른다.

갈퀴손의 대물림

쇠갈퀴로 왕솔 낙엽을 긁는다. 갈퀴나무, 참 오랜만이다. 우리 손가락이 열 개이듯이 갈퀴 손가락도 열 개다. 발등을 덮는 소나무 낙엽이 갈퀴에 수북이 끌려온다. 거문도 선창가 어부의 석양 그물처럼 낭창하다.

장독대 옆에 작은 가마솥 아궁이를 만들어 가끔씩 불을 땐다. 활활 타는 장작불의 불꽃도 한 줌의 불쏘시개에서 시작한다. 장작개비에 성냥불을 제아무리 그어대도 거기에 불이 바로 붙지 않는다. 매파 같은 불쏘시개가 꼭 필요하다. 중매쟁이는 사람의 혼인에만 필요한 게 아닌 것 같다. 그 불쏘시개감으로 가장 좋은 것이 소나무 낙엽, 전라도 말로 갈쿠나무다. 그것은 부싯돌에 부싯깃처럼 불씨를 순식간에 너울거리는 불꽃으로 키운다.

봄이면 텃밭의 얼부푼 흙살을 긁어주는 용도로 헛간에 세워둔 쇠갈퀴다. 오랜만에 산에 데려오니 물 만난 고기다. 잠시 긁었는데 마대자루가 꽉 찬다. 갈쿠나무를 긁는다기보다는 그냥 쓸어 담았다. 우리 어린 시절의 빼빼 마른 벌거숭이산이 언제 이렇게 살이 통통하게 쪘을까 싶다. 참 오달지다.

60여 년 전 어느 날이 갈퀴 끝에 걸려 나온다. 나무가 쌀보다 귀하던 시절이었다. 그때는 초등학생도 학교 다녀오면 나무하러 가곤 했다. 그리고 이맘때쯤 가을걷이를 마치면 남녀노소가 월동용 땔감을 모아들이기에 바빴다. 벌거숭이산은 떼로 달려드는 나무꾼들에게 더 벗어줄 것이 없는데도 그루터기 속살까지 꺼내주었다.

요즘 산에 들 때마다 놀라운 것은 어느 산이나 아름드리나무로 가득 차있는 것이다. 그리고 수명을 다하여 자연사한 고목들이 여기저기 나뒹군다. 발길에 차이는 게 땔감이다. 그중에 쌀밥 같은 갈쿠나무도 수북이 쌓여있다. 산행 중에 그것을 맥없이 한 움큼 쥐었다 놓기도 한다. 지금도 북한의 산은 거의 다 벌거숭이산이라고 한다. 북한 사람들이 우리나라의 산을 보면 어떤 생각을 할까. 땔감이 없어 나무뿌리까지 모두 파내는 그 사람들이 아니던가. 우리가 1960~1970년대에 그랬듯이.

뒷산이 가을부터 떨어진 낙엽으로 푹신푹신하다. 그중에도 왕솔 낙엽에 눈이 간다. 산책길에 갈퀴를 들고 나서는 일이 생뚱맞기는 해도 어렸을 때 긁던 실력을 발휘해 보았다. 이리저리 봐도 산이 온통 땔감으로 가득하다. 곳간에 곡식이 가득 찬 듯하다. 요즘 경제가 곤두박질친다고 매스컴마다 아우성이다. 하지만 꽉찬 곳간 같은 산을 가진 우리나라는 지금은 좀 어렵지만 또다시 부자가 될 것이다.

요즘 내 손가락 신수가 만만치 않다. 마디가 굵어져 결혼반지를 외면한 지 오래되었다. 주름이 자글거리는 손등에는 연갈색 버섯 꽃들이 피기 시작한다. 한때는 손가락이 가늘고 길어서 피아노를 잘 치겠다며 친구들이 부러워했다. 그런데 텃밭에서는 호미자루에 익숙하고, 주방에서는 각종 채썰기에 달갑잖은 달인의 손이 되어 버렸다.

마른 북어 같은 손등을 들여다본다. 추우나 더우나 내 의지대로 순종해준 동지이다. 오른손은 왼손을, 왼손은 오른손을 서로 쓰다듬어준다. 여자 얼굴은 분첩으로 잘 다독이면 10년은 감출 수 있다고 한다. 하지만 손은 나이를 감출 수 없는 것 같다. 그래서 자녀들 혼사에 양가 부모님들 손에 하얀 장갑을 끼는 것일까? 부모의 갈퀴손이 신랑 신부의 눈에 띄면 고운 얼굴에 눈물로 얼룩질까 봐서. 하기야 부모의 갈퀴손을 보며 눈물 흘릴 정도의 신랑 신부라면 제대로 잘 자란 자식이 아닐까 싶다.

지난 주말, 어느 결혼식장에서 본 일이다. 신부가 드레스 입은 채로 친구가 부르는 축가를 소리 내어 따라 불렀다. 그뿐 아니다. 노래에 맞춰 발춤까지 까딱까딱 신나게 추었다. 성격이 명랑한 신부인 것 같았다. 객석에서 젊은이들은 함께 웃었지만, 연세가 지긋하신 분들의 표정은 아닌 듯했다.

평생 자녀의 뒷바라지에 섬섬옥수가 갈퀴가 되었다. 그 손은 막상 자랑스러워야 할 그 날에 장갑 속에서 숨을 죽여야 한다니…. 고운 한복 저고리 끝동 속에 다소곳이 모은 갈퀴손들이다. 오늘도 어느 결혼식장에서인가 흰 장갑 속 갈퀴손들의 숨비소리가 들린다.

우리 손에는 우주가 들어 있다. 엄지는 하늘, 검지는 바람, 장지는 불, 약지는 물, 새끼손가락은 땅을 상징하기에. 손이 둘이니 우주 두 개를 양쪽에 들고 다니는 것 아닌가. 그래서 사람을 만물 중의 영장이라고 할까?

생후 열 달 된 외손녀 해나의 고사리손이 짝짱짝짱을 하고, 출근하는 저희 아빠에게 단풍잎 같은 손을 흔든다. 저 손이야말로 아침마다 새 역사를 쓰고 있는 우주 같은 손이 아닐까?

최문희 작가는 『황홀한 소통』에서, "왼손의 고요함과 오른손의 슬기로움이 조화되면 인간의 의식은 한 줄기 햇살보다 더 가벼워진다."라고 했다. 왼손과 오른손 두 갈퀴가 인간의 역사를 날마다 새로 쓰고 있는 작금의 세상이다.

고향 동네 박건달

　어릴 적 고향 동네에 박건달이라는 노총각이 있었다. 그는 지천명이 되도록 장가도 못 가고 홀어머니의 그늘에서 베짱이처럼 놀고먹었다. 그래서 붙여진 이름이 박건달이었다. 그런 그가 어느 날 대박을 터뜨린 것이다.

　그날도 그는 낭창한 뻐꾸기 소리에 해는 중천인데, 비몽사몽 중에 하루를 시작했다. 키 크고 인물도 훤칠한 그는 술만 마셨다 하면 완전히 다른 사람이 되었다. 인근 몇 동네에서 그를 이길 사람이 없을 정도로 알려진 싸움닭이었다. 동네 어른들이 그의 노모를 위해서 달래보기도 하고 나무라기도 했지만, 조금도 나아지지 않았다. 나중에는 동네의 남녀노소가 그를 피해 다녔다.

　박건달의 평소 진심이 취중에 나온 것일까. 술만 들어가면 품고 있던 그 진심이란 놈이 발동한 듯, 울 넘어 옆집을 맥없이 기웃거렸다. 옆집 새댁의 청치마 자락에 눈이 멀었을까. 그 새댁은 시집온 지 두

해가 지나도록 기다리는 아이가 생기지 않았다. 그러던 중에 신랑은 청천벽력 같은 입영통지를 받았다. 입대를 미룰 수도 거부할 수도 없던 한국전쟁 직후의 엄중한 그 시절이었다. 닳을까 봐 곁에 두고 보기도 아까운 새댁을 남겨두고 논산 훈련소로 향했다. 오직 달덩이 같은 새댁에게 그의 온 마음을 명주실로 묶어둔 채….

신랑이 입대하던 날 아침, 동네 사람들이 마을 앞 둥구나무 그늘까지 나가서 배웅했다. 새댁 또래의 여인들은 망연자실하고 있는 새댁을 붙들고 함께 눈시울을 붉혔다. 그러나 그들은 농사일에 쫓기는 삶이다 보니, 새댁의 수많은 밤을 지켜주지 못했다. 연보라 도라지꽃이 텃밭 가에 피는 봄밤과 목쉰 뻐꾸기가 우는 여름밤, 떡갈나무 마른 잎이 바람에 쓸리는 가을밤과 북풍한설에 문풍지 울어대는 겨울밤을 홀로 지켜내야 했다. 그러던 중에 연한 순 같은 새댁은, 삼킬 자를 두루 찾는 마귀 같은 박건달의 먹잇감이 된 것이다.

오매불망, 새댁은 신랑이 제대할 날만 기다렸다. 신랑 역시 하루가 천 날 같은 군대생활을 어렵게 이어갔을 것이다. 요즘 육군 복무 기간은 22개월도 길다고 해서, 2020년부터 18개월로 단축되었다. 그런데 그때는 36개월을 채우고도 나라에 비상사태가 발생하면 코앞에 다가온 제대 날도 접어야 했다. 신랑의 아득한 군대생활은 여름날 엿판 위의 엿가락처럼 늘어났다.

그 시기에는 한국전쟁 뒤끝이라 휴가 기간도 쥐꼬리만 해서 기껏해야 1년에 2~3일이었다. 신랑은 그리저리해서 3년 반 동안이나 막사에 발목이 잡혀버렸다. 마음 같아서는 한 필의 준마가 되어 새댁 곁으로 밤새워 달리고 싶었을 것이다.

그러던 중에 새댁의 배는 불러오고, 소쿠리 같은 마을의 우물가에는 칠팔월 잡초 같은 소문이 무성하게 자랐다. 급기야 어린 새댁은 신랑이 제대하기도 전에 떡두꺼비 같은 아들을 낳았다. 그리고 신랑도 긴 복무 기간을 마치고, 득남의 기쁨으로 충만해서 돌아왔다. 최전방에서 전라도 땅끝까지 몸은 완행열차에 실었지만, 마음은 벌써 아내와 아들이 기다리는 고향집을 향해 창공을 날았으리라.

착한 신랑의 귀에는 동네 사람들의 숙덕거리는 소리가 들리지 않았다. 복무 중에 휴가를 몇 번 나왔고, 아끼던 새댁이기에 털끝만큼도 의심하지 않았을 것이다. 그저 득남의 기쁨으로 싱글벙글이가 되었다.

군대 가기 전에 두 식구이던 둥지에 세 식구가 되었고, 아이는 장마에 물외 크듯이 쑥쑥 자랐다. 부부가 외출이라도 할 때면, 신랑이 아이를 안고 다녔다. 그 시절만 해도 나들이할 때 아이는 엄마가 포대기에 받쳐 업었다. 아빠가 업거나 안고 나가면 공처가라고 놀림을 받았다. 하지만 신랑은 아이를 자기 품에 꼭 안고 다녔다. 세상의 재벌이 부럽지 않은 부자父子의 표정이었다.

그런데 웬일일까? 아이는 자랄수록, 짜리몽땅하고 메줏볼 진 아빠를 닮아가는 게 아니었다. 장군감처럼 훤칠했다. 인물과는 다르게 동네 또래들을 마구 괴롭히고 때리며 싸움닭이 되어갔다. 아이는 생김 새와 하는 짓이 나날이 옆집 박건달을 쏙 빼닮아갔다. 마치 멧새의 둥지에서 부화되고 자란 뻐꾸기 새끼가 발가락 하나도 멧새를 닮지 않듯이…. 만물의 영장이라는 인간과 동물과의 차이는 무엇일까? 또 그 차이라는 게 존재하기나 할까?

그토록 착하던 신랑은 어느 날부터 밤마다 곤드레가 되었고, 울을 넘던 새댁 부부의 웃음소리는 짚불처럼 스러져 갔다. 그 대신에 그 집 마당에서는 질그릇 깨지는 소리가 와장창 고요한 밤공기를 찢곤 했다. 이들 부부의 삶은 천국에서 지옥의 무저갱으로 떨어지는 듯했 다. 곱던 새댁은 처마끝에 매달린 무시래기처럼 나날이 말라 갔다. 급기야 그녀의 뱃속은 포도송이 같은 멍울로 꽉 차서 오장육부로 번 졌고, 불혹을 못 채우고 먼길을 떠났다. 금수 같은 한 인간의 무모한 짓은 아늑하던 둥지를 쓰나미처럼 덮쳐버렸다.

그날도 초토화된 집 울타리 위에서 무심한 뻐꾸기가 울어댔다. 뻐 꾸기는 초여름에 개개비, 멧새, 종달새 등 남의 둥지가 비어있을 때 잽싸게 들어가 알을 낳는다. 그리고 그 알은 둥지 주인이 품어서 부 화한다. 뻐꾸기는 기르는 일도 모르쇠로 나가고, 둥지 주인이 먹이를 물어다 주며 제 새끼처럼 기른다. 뻐꾸기 새끼는 잘 자라서 혼자 날 수 있게 되면, 고맙다는 인사 한마디 없이 휙 날아가 버린다.

박건달은 옆집 새댁에게 원치 않는 씨를 심어 낳게 하고 기르게 했다. 하늘이 알고 땅이 아는 박건달의 혈육을 지성으로 기르는 새댁 부부를 보며, 쾌재를 불렀을 박건달, 그는 대체 사람일까 금수일까.

오늘도 뒷산 뻐꾸기 소리가 은은하다. 곱던 새댁의 한숨 소리가 세월을 건너서, 뻐꾸기 노래 속에 명주 오라기처럼 묻어온다.

또 하나의 섬

"돈으로노 못 가요, 힘으로도 못 가요 하나님 나라, 믿음으로 가는
나라 하나님 나라."

손녀가 주일학교에서 배운 찬양을 신명나게 부른다. 그런데 내 안에
는 오래전부터 산을 옮길만한 믿음으로도 갈 수 없는 섬이 하나 있다.
지금은 쾌속정을 타고 로켓을 타도 닿을 수 없는 섬이다. 한 뼘 가슴
이라는 끝 모를 바닷속에, 정수리까지 이미 잠겨버린 섬이기에….

꿈인 듯 생시인 듯 이따금 그 섬에 서 보기도 하지만, 그것은 간절
히 소원하는 자에게 잠시 보여주는 신기루 같은 허상일 뿐. 허상인
줄 알지만 잡아보려고 퍼덕거리기도 한다. 그럴수록 두 발은 정박한
배의 닻처럼 개펄 속으로 파고든다.

1960~1970년대에는 새 학년이 되면, 가정환경 조사서를 써내야
했다. 선생님은 그 종이 한 장 손에 들면, 한 가정의 속살까지 손거
울처럼 환히 들여다볼 수 있었다. 부모의 직업은 물론이고, 자동차,

TV, 냉장고, 전화기, 재봉틀 등의 유무는 왜 물었는지. 만약에 요즘 그런 것을 시시콜콜 써내라고 한다면, 단박에 교장실을 건너뛰어 교육감실의 전화기에 불이 날 것이다. 부모님의 직업은 당연히 농업이라고 썼지만, 그 외의 것은 거의 쓸 게 없어서 늘 빈칸으로 남겨놓았다, 씁쓸하던 뒤끝.

바로 어제 일도 깜박깜박하면서, 60여 년 전 그날의 기억창고는 녹이 슬지 않았다. 그 종이에 빈칸 없이 채워내고 의기양양하던 병원장 아들의 음성까지 생생하다. 그런데 가정환경조사서 끝부분에는 '장래 희망' 난이 꼭 있었다. 채울 수 없는 빈칸처럼 마음이 허허롭던 나에게 장래 희망을 쓰라니 그나마 큰 위안이 되었다, 비록 자동차 TV 냉장고는 없어도 장래 꿈만큼은 가슴 속이 좁다 하게 쟁여졌기에.

열두 살 때부터인지 '국민학교 선생님'이라고 깍두기 글씨로 또박또박 채워내곤 했다. 다락방 같은 시골 학교 교실에서 평생을 평교사로 풀꽃 같은 아이들과 함께하고 싶었다. 아마도 5학년 담임 선생님의 영향이 컸던 것 같다. 전과, 수련장이 없는 나에게 선생님은 박봉을 덜어내어 그 책들을 학기마다 사주셨다. 원수는 가슴에 새기고, 은혜는 물에 새긴다고들 하지만, 선생님의 속 깊은 배려는, 행여 내가 늙어서 치매에 걸린다 해도 잊을 수 없을 것 같다. '나도 크면 윤 선생님처럼 되어야겠다.'라는 어린 날의 꿈, 그것이 평생 갈 수 없는 섬으로 남을지 그때는 몰랐다.

당당하게 써내던 장래 희망은 우물 속 같은 가슴에 묻었다. 언젠가는 사다리를 타고 내려가서라도 희망이란 놈을 꼭 꺼내리라 다짐했다. 하지만 희망에 대한 짝사랑은 세월이 갈수록 요원했다. 아버지가 지어주신 나의 이름마저 생활 쓰나미에 쓸려버리고, 아내 엄마 큰며느리 큰형수라는 꿈과는 무관한 다채로운 대명사를 달고, 무릎 연골이 동나도록 달려온 40여 년의 삶이다. 하지만 대명사 하나마다 나름대로 보람이라는 열매를 한 소쿠리씩 따기도 했다. 소쿠리가 넘쳐도 마음은 늘 허출하고, 그 열매와는 낯설었다.

지천명의 고개에 서던 어느 날이다. 큰딸이 수원 율전초등학교에 첫 부임하게 되었다. 그 학교에서는 초임교사를 위해서 조촐한 환영식을 베풀고 부모까지 초대해 주었다. 환영식장에서 교사 대표의 축사에 이어 초임교사의 답사가 나지막하게 울려 퍼졌다. 큰딸의 조용하면서도 또렷한 답사를 들으며 잠시 호접몽에 들었다.

아주 작은 섬 하나가 아스라이 먼바다 끝에서 초록색 정수리를 가물가물 드러낸다. 그 실상實相 같은 허상은 코앞까지 다가왔지만 잡힐 듯 잡히지 않는다. 내 몸은 순식간에 깃털이 되었다. 쪽배도 없이 물 위를 걷기도 하고, 구름을 지르밟고, 창공을 날기도 했다. 몽돌만한 섬 우듬지에는 큰딸과 나의 얼굴이 파도에 흔들리며 번갈아서 클로즈업되었다.

그토록 가고 싶던 섬이 아닌가. 꿈일까. 금방 깨어날 찰나 같은 꿈일지라도 내 안의 핏속에는 비 갠 텃밭의 상추처럼 벌써 말간 수액이 돈다. 천 날이 하루 같은 천상의 시간이란 바로 이런 순간일까?

상공에서 내려다보면 바다 위의 섬은 한낱 점에 불과하다. 갈 수 없는 섬 하나. 그로 인해 석양만큼 남은 날의 노을까지 훼손하지 말자. 방하착放下著, 평생 명치끝에 체증처럼 얹혀 있는 섬을 내려놓자. 이제는 과거가 아닌 오늘 속의 소소한 일상을 누려야 할 때가 아닌가.

큰딸은 대학교 입시 때, 영문과를 가겠다고 했다. 세계를 무대로 하는 동시통역사란 목표를 이미 세워두고. 그런데 여자의 평생직장으로는 교직이 좋다는 알량한 안목(?)으로 딸의 원대한 꿈을 주저앉혔다. 완강히 거부하던 딸은 나의 안목을 뛰어넘지 못하고 꿈을 접었다. 결국, 교사의 길을 택하여 20년 가까이 걷고 있다.

10년 전, 큰딸의 파랑새 같은 날갯짓에 가슴이 먹먹했다. 재직 중에 방송통신대학교 수강으로 영어 전공을 마치고, 영어 전담교사를 하던 중, 요즘 초등학생들이 스터디 북으로 많이 찾는 『스타트 초등 영단어』를 출판했다. 찾는 이가 꾸준해서 21쇄 이상 찍었다고 한다.

교보 서점에 가지런히 꽂혀 있는 딸의 책을 펼친다. 후회라는 단어가 뿌연 행간에서 그네를 탄다. 엄마라는 힘으로 애먼 큰딸의 앙가슴에 또 하나의 섬을 만들어준 것은 아닐까?